dtv

Zum neunten Geburtstag hat Karoline ei Tagebuch geschenkt bekommen. Sie hätt zwar lieber eine Boxbirne gehabt, aber ei Tagebuch ist besser. Sagen Mama und Pap Dann hat sie wenigstens nicht dauern verstauchte Hände. Also schreibt Karolin alles auf. Und sie nimmt dabei kein Bla vor den Mund, denn sie ist nicht nur ge scheit, sondern auch äußerst energisch …

Ursula Haucke lebt als Schriftstellerin i Berlin. Bekannt wurde sie als Hauptautori der Sendereihe ›Papa, Charly hat gesagt …

Franziska Becker (Zis) begann ihre Karrier 1977 bei der Zeitschrift ›Emma‹. Heut zählt sie zu Deutschlands bekanntesten Ka- rikaturistinnen.

Ursula Haucke

Ich hab geschielt, und Papa war beleidigt

Notizen aus Karolines Tagebuch

Mit Illustrationen
von Franziska Becker

Deutscher Taschenbuch Verlag

Von Ursula Haucke
sind als *dtv großdruck* im
Deutschen Taschenbuch Verlag erschienen:
Überraschung inbegriffen (25268)
Bei Oma ist immer was los (25292)

**Ausführliche Informationen über
unsere Autoren und Bücher
finden Sie auf unserer Website
www.dtv.de**

Im Text ungekürzte Ausgabe 2010

Umschlagkonzept: Balk & Brumshagen
Umschlagillustration: Franziska Becker
Gesetzt aus der Garamond 13/16.5·
Gesamtherstellung: Druckerei C. H. Beck, Nördlingen
Gedruckt auf säurefreiem, chlorfrei gebleichtem Papier
Printed in Germany · ISBN 978-3-423-25305-5

Besonders wenn ich eine Wut habe

Heute fange ich mal an mit diesem Tagebuch! Vorige Woche, als ich neun geworden bin, hab ich's bekommen. Mama hat gesagt, ich soll alles reinschreiben, was mir einfällt, und besonders wenn ich eine Wut habe; das würde mir guttun. Ich hätte lieber so eine dicke Lederbirne gehabt, an einem Strick, wie die Boxer zum Üben. Aber Papa sagt, wie er mich kennt, hab ich dann dauernd verstauchte Hände und kann in der Schule nicht mitschreiben. Er

sagt, ich bin jähzornig. Dabei hab ich immer echt Grund, wenn ich wütend bin! Zum Beispiel vorhin: Ich sitze ganz gemütlich und lese, und es ist gerade toll spannend, da kommt Papa und fragt mich, ob ich ihm mal schnell Zigaretten holen kann. Ich hab gesagt, ich kann nicht, ich lese gerade. Da hat er losgetobt und gesagt, er schuftet sich ab, und seine Kinder sind zu faul, drei Schritte zu gehn! Und ich hab gesagt, warum er mich erst fragt, wenn ich dann nicht antworten darf. Da hat er die Augen ganz klein gemacht und gesagt, ich soll mal so weitermachen, dann werde ich schon sehen. So was regt mich echt auf! Wann soll ich eigentlich lesen? Im Bett muss ich auch immer das Licht ausmachen. Sollen sie mir doch gar keine Bücher schenken!

Immer dieses Theater mit den Zigaretten. Gestern Abend ist Papa in der ganzen Wohnung rumgerast und hat in alle Jackentaschen und Schubladen geguckt, ob er nicht noch eine findet. Hat er aber nicht, weil Mama schon vor ihm gesucht hat. Da haben sie beide Lakritze gegessen, und plötzlich haben sie einen irren Lachanfall gekriegt und gesagt, es geschieht ihnen ganz recht und sie werden sich auf der Sommerreise ganz bestimmt das Gequalme abgewöhnen.

Manchmal sind sie dufte. Aber vorhin hätte ich platzen können. Und Meike war natürlich wieder mal nicht da. Dauernd rennt sie weg und steht irgendwo mit ihren Freundinnen und solchen Typen rum. Sie ist dreizehn. Mama sagt, sie ist in einem schwierigen Alter. Ich weiß nicht, was da schwierig sein soll. Jedenfalls ist sie nie da, wenn es was zu helfen gibt. Und Oliver braucht sowieso nichts zu machen. Sie finden ihn zu klein, weil er erst vier ist. Aber im Kindergarten kann er sehr schön den Tisch decken. Tante Rita hat neulich auch zu Mama und Papa gesagt, dass die mittleren Kinder immer am blödesten dran sind, weil sie nicht so viel dürfen wie die Großen und nicht so verwöhnt werden wie die Kleinen. Und sie haben gesagt, dass ihnen das einleuchtet. Ich hab alles gehört, weil ich noch nicht geschlafen habe. Tante Rita macht irgendwas Soziales. Sie ist noch nicht besonders alt.

Das Tagebuch kann man übrigens abschließen. Mach ich aber nicht, weil ich den Schlüssel sowieso verliere. Papa liest es garantiert nicht. Der sagt immer, ihm wird schlecht, wenn er meine Handschrift sieht. Und Mama hat gesagt, sie würde niemals in mein Tagebuch reingucken, weil sie Angst hat, ich schreib irgendwas Hässliches über sie, und dann kann sie das nicht mehr vergessen, auch wenn es bloß in der Wut war! Aber Meike ist immer neugierig. Ich werde das Tagebuch verstecken. Hoffentlich finde ich's dann selber wieder! Das Weihnachtsgeschenk für Mama hatte ich auch so gut versteckt, dass ich nicht mehr wusste, wo.

Aber jetzt mach ich Schluss. Meine Hand ist schon ganz steif.

Dann ist er fast so gemütlich wie ein Dackel

Also, ein »Tage«-Buch wird das bei mir bestimmt nicht! Jeden Tag was reinschreiben, das ist ja wie Schularbeiten. Aber heute habe ich Lust. Ich bin ganz allein in der Wohnung. Manchmal finde ich das unheimlich, aber manchmal finde ich es richtig toll. Weil ich dann die ganze Wohnung für mich habe und mich hinsetzen und hinlegen kann, wo ich will. Heute hat es auch bloß fünf Minuten gedauert, bis ich die rote

Büchse mit den goldnen Streifen gefunden habe, in der Mama die Besuchskekse aufhebt. Sie denkt sich dauernd neue Verstecke für die Büchse aus, aber ich finde sie doch. Ich nehme aber immer bloß zwei oder drei raus. Leider hat das Tagebuch jetzt einen Schokoladenfleck. Macht ja nichts.

Meike hat übrigens gesagt, wenn man Tagebuch schreibt, kann man später, wenn man alt ist, ganz leicht einen Bestseller schreiben, weil man sich dann an alles erinnert. Und das wollen dann alle lesen, weil es die gute alte Zeit ist, und man verdient eine Million oder so. Meike liest immer diese Memoaren, oder wie das heißt, von den ganzen Filmstars. Sie bildet sich ein, sie wird auch mal ein Star, aber Mama sagt, das gibt sich wieder. Und Onkel Fred hat gesagt, sie soll erst mal einen anständigen Busen kriegen, dann wird man weitersehn. Er sagt immer so was, wovon er denkt, dass sich irgendwer drüber ärgert. Er ist mein Lieblingsonkel. Oliver sieht ihm unheimlich ähnlich, auch wenn er erst vier ist.

Manchmal ist der Oli auch sehr ulkig, aber meistens ist er nur lästig. Außerdem hat er mir meinen Dackel vermasselt. Den sollte ich nämlich zum fünften Geburtstag kriegen, aber Mama war schneller mit Oliver, und Papa hat gesagt, Baby *und* Hund, das halten seine Nerven nicht aus. Außerdem könnte ich mit Oliver genauso gut spazieren gehen und ihn füttern und streicheln. Das ist natürlich echt Quatsch, aber Mama hat so ängstlich geguckt, da habe ich den Mund gehalten.

Vielleicht hat sie gedacht, ich sage, wir wollen das Baby gegen einen Dackel eintauschen.

Jetzt kommt Oli Sonntag früh immer in mein Bett, und dann ist er fast so gemütlich wie ein Dackel. Und gehorchen tut er auch nicht. Monika hat gesagt, ich soll mir ein Pony wünschen. Und ich soll es immer wieder auf jeden Wunschzettel draufschreiben und gar nicht hinhören, wenn Mama und Papa sagen, dass das nicht geht und ob ich verrückt bin. Und manchmal soll ich sagen, dass ich von einem Pony geträumt habe. Sie sagt, wenn ich alle lange genug mit diesem Pony genervt habe, werden sie eines Tages kommen und sagen, dass ich das doch einsehen muss mit dem Pony, aber sie werden mir in Gottes Namen einen Dackel schenken. Und dann habe ich ihn! Monika hat immer so irre Einfälle, und sie macht das dann auch wirklich. Ich trau mich nie. Neulich hat der Vater ihr Stubenarrest gegeben, weil sie in dem blöden Diktat siebenundzwanzig Fehler hatte. Da hat sie gesagt, sie wird weglaufen, und dann hat sie die ganze Nacht unter ihrem Bett geschlafen. Und der Vater hat sie überall gesucht und die Polizei angerufen. Am nächs-

ten Morgen war der Vater ganz wild, aber von Stubenarrest hat er nichts mehr gesagt.

Jetzt kommt Mama nach Haus. Ich hör immer ganz genau, wer kommt. Papa ist am leisesten. Meike schmeißt gleich ihre Tasche in die Gegend, und Mama bürstet sich als Erstes die Haare und knallt die Bürste wieder hin. Oli hört man schon draußen im Flur. Ich muss aufhören.

Onkel Fred kann immer ganz ernst bleiben, wenn er spinnt

Gerade dachte ich, ich wär mal wieder ganz allein, da bringt die Oma den Oliver schon zurück! Weil Mama vergessen hat, dass heute Omas Schwimmtag ist, und den muss sie haben, sagt sie. Und bei Opa kann der Oli nicht bleiben, wenn die Glaserei noch auf ist. Weil er schon mal in lauter fertige Scheiben gefallen ist und ein Riesenscherbenhaufen war. Oli ist aber nichts passiert, nur der Schreck. Aber Opa hat sich noch

mehr erschreckt und hat gesagt, wenn Oli schon Scheiben kaputt macht, dann soll er das bei andern Leuten machen, damit Opa Geld fürs Ganzmachen kriegt! Bei Opa geht das Scheibeneinsetzen wie Brezelbacken, sagt Papa. Ich gucke oft zu, auch weil der Kitt, oder was das ist, so gut riecht. Manchmal gehe ich gleich nach der Schule zu ihm, und wir kochen uns Makkaroni mit Tomatenketchup. Oma sagt, das ist kein anständiges Essen, aber wenn sie in der Stadt einkaufen ist, machen wir das doch. Und nachher versuchen wir, die Fische in seinem Aquarium zu zählen, aber wir kriegen nie dasselbe raus, weil es zu viele sind und sie nicht stillhalten. Manchmal lese ich ihm auch was vor aus meinem Deutschbuch, und er sagt, so schöne Geschichten hatten sie früher nicht drin. Nur vom Landmann, wie er auf dem Acker rumgeht, oder von der Mutter, wie sie die Wiege schaukelt und singt. Und er musste ein Gedicht lernen, wo drin vorkam, dass Kinder nie ihren Mund entweihen sollen mit Lüge. Opa sagt, gerade wegen diesem Gedicht hat er gelogen, weil er stecken geblieben ist. Aber zu seinem Vater hat er gesagt, er hat es gekonnt und eine Eins gekriegt.

Gerade hat mich der Oli gestört und wollte Memory mit mir spielen, weil er da immer gewinnt. Ganz echt, und gar nicht, weil man mit Absicht was falsch macht. Aber ich habe ihm meinen großen Puppenkoffer gegeben, damit er meinen Puppen

was andres anziehen kann. Er zieht sie immer ganz durcheinander an, mit Schlafanzug und Handschuhen und so, aber man hat immer ziemlich lange Ruhe. Sonst will er dauernd was andres. Vor den Fernseher darf ich ihn nicht setzen, hat Mama gesagt, weil sie keinen Glotzer erziehen will und weil sowieso immer jemand dabei sein muss. Mama guckt sich Kinderfilme immer mit an. Manchmal ist das gemütlich, aber manchmal redet sie dauernd dazwischen und sagt, es ist doch nicht zu glauben, was das für ein Quatsch ist. Gestern hat Meike gesagt, sie will den Quatsch trotzdem sehen, und wir haben Mama rausgeschmissen! Da hat sie sich inzwischen die Haare gewaschen; aber nachher wollte sie doch wissen, wie es ausgegangen ist.

Papa kommt meistens erst, wenn ein Krimi schon längst angefangen hat, und dann versucht er rauszukriegen, was inzwischen passiert ist. Wenn Onkel Fred da ist, erzählt er ihm immer alles ganz falsch, bis Papa wirklich denkt, der Kommissar ist der Mörder! Onkel Fred kann immer ganz ernst bleiben, wenn er spinnt. Ich muss das noch üben. Manchmal kommt Onkel Fred ganz lange nicht. Dann hat er eine neue Freundin und muss mit der dauernd essen gehen oder ins Kino. Mama sagt immer, er soll seine Freundin doch mitbringen, aber

Onkel Fred sagt, das macht er nur, wenn es was für länger ist.

Er hat erst einmal eine Frau mitgebracht, und die war echt doof.

Jetzt läuft im Bad das Wasser! Oli will bestimmt meine Puppen baden, ich muss nachgucken gehen.

Mama sagt, das ist kein Umgang

Ich hab so eine Wut, ich könnte platzen!!! Ich hab schon alle Kissen durch die Gegend gefeuert, und meine Schulmappe hat einen Tritt gekriegt. Alle Hefte sind rausgeflogen. Ist mir doch egal! Meine Buntstifte sind auch weg, die hab ich Meike geborgt, und die blöde Kuh gibt nie was von allein zurück. Ich hab in ihrem ganzen Schreibtisch rumgewühlt, da wird sie toben, wenn sie das merkt. Ihre Schuld! Jetzt kann ich wenigstens das dämliche Bild nicht malen,

was die Schuster uns aufgegeben hat. »Wochenmarkt«!! So was macht sie immer, damit wir bloß den ganzen Tag einen Haufen Tomaten oder Äpfel malen müssen! Am liebsten noch Weintrauben oder Radieschen, das dauert noch länger! Ich hasse so was! Und Leute kann ich sowieso nicht zeichnen, die sehen bei mir beknackt aus.

Und jetzt hat Mama gesagt, dass wir alle am Sonntag zu Onkel Karl gehen. Er wird sechzig. Ich hab gesagt, dass ich nicht mitkomme, und Mama hat gesagt, ich muss. Ich hab gesagt, dass ich zu Uwe gehe, weil er mich zu Leuten mitnehmen will, wo die Katze Junge gekriegt hat. Und die haben schon die Augen auf, und man kann sie schon anfassen. Mama hat gesagt, die Katzen können warten. Aber Onkel Karl kann erst recht warten! Der sieht nächste Woche noch genauso aus. Die Katzen aber nicht. Und vielleicht werden sie auch weggegeben. Und Uwe kann da nicht so oft hin. Onkel Karl kann ich sowieso nicht leiden. Der fragt immer bloß, wie es in der Schule geht und ob ich gute Noten habe. (Das nächste Mal sage ich, ich schreibe immer lauter Fünfen!) Und dann muss ich wieder das blöde Strickkleid anziehen, das mich überall kratzt, und dann sitzen alle am Kaf-

feetisch rum, und man soll warten, bis alle fertig sind. Die werden aber nicht fertig, weil sie eine Torte nach der anderen runterschlingen. Oli braucht nicht mit, weil er immerzu rumrast und alle nervt. Die werden sich wundern, wie ich sie nerve! Aber ich geh ja gar nicht mit. Mama will bloß nicht, dass ich zu Leuten gehe, die Uwe kennt. Sie sagt, das ist kein Umgang. Dabei kennt sie die überhaupt nicht. Sie sagt, sie hat nichts gegen Uwe, es ist bloß wegen der Sprache. Und ich gewöhn mir Ausdrücke an. Dabei sagt sie selber Scheiße, wenn die Marmelade runterfällt oder so was! Meike sagt, ich soll mich nicht so anstellen mit dem Geburtstag; aber sie geht bloß mit, weil da so ein blöder Vetter ist, der schon studiert. Sie hat ihn schon mal gesehen und findet ihn toll. Dabei macht er sich nur wichtig mit seinem Bart überall. Ich hab Meike gesagt, dass er bestimmt tausend Pickel unter dem Bart hat, da hat sie mich an die Wand geschubst. Und ich hab ihr auf den Fuß getreten. Was soll ich bloß machen? Eben ist Oli mit seinen Buntstiften gekommen, aber ich hab sie nicht genommen. Soll doch Meike den blöden Markt machen! Vielleicht werde ich überhaupt krank. Ich glaub, ich hab Halsschmerzen. Papa will auch gar nicht zu dem Geburtstag am liebsten. Weil es nicht seine Verwandtschaft ist und weil Tante Lisa immer die Fenster aufreißt, wenn er raucht, weil ihre Augen davon tränen. Dann verläuft nämlich ihre Wimperntusche, aber das sagt sie nicht. Sie bildet sich ein, sie ist schön. Ist sie aber nicht.

Ich geh jetzt einfach ins Bett. Vielleicht kommt Papa und fragt mich, was ich habe.

Damit ich nicht denke, überall ist es wie bei uns

Ich hab's geschafft, ich darf heute bei Monika schlafen. Mama und Papa machen eine Fete, weil sie bei so vielen Leuten eingeladen waren. Sie sagen, nun müssen sie auch mal und am besten gleich alle auf einmal, damit sie es hinter sich haben. Und wir Kinder sollen lieber woanders schlafen, weil doch keine Ruhe ist. Meike sagt, sie wollen uns nur weghaben, weil wir nicht sehen sollen, wie sie sich benehmen. Sie sagt, sie ist mal aufgewacht bei einer Fete, und da hat sie ins Zimmer geguckt, und es war ein fürchterliches Gealber und Gekicher. Sie dachte, sie träumt. Sie sagt, alle haben sich so benommen, wie sie es Meike immer verbieten. Aber sie hat nicht genau gesagt, wie. Jedenfalls war am nächsten Tag alles voller Flaschen und Gläser, und Papa hat rumgestöhnt und Tabletten geschluckt. Mama hat gesagt, sie hat ihn gewarnt, und er übertreibt immer. Meike darf in Tante Ritas Wohnung in ihrem Bett schlafen, weil Tante Rita bei uns ist und in Meikes Bett schläft. Weil sie nicht Auto fahren kann wegen dem Trinken. Es ist ein ziemliches Theater mit dieser Fete. Eigentlich sollte ich zu Tante Gerda. Da war ich schon mal, und sie hat mir gleich die Haare gewaschen und alle Nägel geschnitten. Und ich musste die Schulmappe aufräumen und alle Buntstifte anspitzen und die Bücher in scheußliches blaues Papier einwickeln, und sie hat

immer noch was gefunden. Dann hat sie Mama angerufen und gesagt, dass sie ihr ein ganz ordentliches kleines Mädchen wieder zurückschickt! Es war echt zum Kotzen, und ich hab gesagt, ich geh da nie wieder hin. Und Papa hat gesagt, das brauch ich auch nicht. Aber jetzt hatten sie das wieder vergessen. Aber Tante Rita hat gesagt, versprochen ist versprochen. Und sie sollen mich ruhig zu Monika lassen, damit ich nicht denke, überall ist es wie bei uns. Man kann alles auch ganz anders machen, sagt sie, und ich soll mich bloß immer gut umgucken. Das mach ich sowieso. Monika schläft auf einem Hängeboden mit Schiebetür, weil unten alles voll ist mit ihren Brüdern. Der ganze Boden ist Matratze, und man kann kreuz und quer liegen und braucht sich bloß mit was zuzudecken. Man kann von unten nicht sehen, ob auf dem Hängeboden Licht ist oder nicht. Das wird toll! Man kommt mit einer Leiter rauf, aber wenn einer von den Jungens gerade da ist, hebt er einen einfach hoch. Runter kann man hopsen. Mama will mir Kekse mitgeben, aber Monika sagt, die kommen ihr nicht mit nach oben, weil es nicht auszuhalten ist mit den Krümeln. Aber Gummibärchen und Lakritze geht. Und wenn ich einen Dackel hätte, dürfte der auch mit rauf. Seife ist bei Monika in der Küche, da kann man sich auch waschen. Zahnbürste ist sowieso Quatsch wegen der Nascherei vorm Schlafen. Ich werde meine Schulmappe mitnehmen, dann freut sich Mama und denkt, wir lernen. Mama ruft und sagt, ich muss noch Selters holen, sie hat kein Selters mehr, und falls jemand das braucht.

Ich muss losrennen, sonst ist alles zu.

Ich glaub, Meike heult immer noch

Heute haben sie bei uns alle eine Stinklaune, bloß ich und Oliver nicht. Der Oli ist auch gleich in mein Zimmer gekommen und sitzt auf meinem Bett und hat Mamas Knopfkasten ausgeschüttet. Er guckt sich jeden Knopf genau an, und es ist ein Glück, dass Mama immer alle Knöpfe aufhebt. Und dass Oma das auch schon seit hundert Jahren macht. Die Knöpfe reichen bestimmt eine Stunde. Meike tut mir leid, auch wenn sie unheimlich frech war zu Papa. Aber wenn ihr diese Poster echt gefallen? Ist doch ihr Zimmer! Und Papa

braucht ja nicht hinzugucken zu diesem Typen, den sie auf dem Klo fotografiert haben. Und dann hat sie noch eine Nonne mit einem rosa Strumpfband, und auf einem Plakat sind bloß ganz verdrehte Füße drauf. Und sie hat alles mit Uhu angeklebt. Da ist Papa echt ausgeflippt, wie er das gemerkt hat, weil er gerade alles tapeziert hat, und Meike durfte sich die Tapete selber aussuchen. Er hat immer was vom »Schweiß im Angesicht« geschrien, und Meike hat geschrien, sie hat ihn nicht gebeten. Und sie hat geheult und gesagt, wenn sie 16 ist, zieht sie aus, und Papa hat gesagt, dass sie sich umgucken wird. Und Mama hat die ganze Zeit gesagt, sie sollen nicht so brüllen, weil die Nachbarn sonst denken, bei uns ist Kindesmisshandlung. Papa hat gesagt, wer hier misshandelt wird, ist er, weil Meike seine Tapete und sein Geld und seine Arbeit und überhaupt alles zum Fenster rausschmeißt. Ich hab gemerkt, wie Mama ganz leise Tante Rita angerufen hat und nur gesagt hat, sie soll bitte schnell mal zurückrufen. Dann hat sie aufgelegt. Und gleich hat das Telefon geklingelt, und Mama hat aus der Küche gerufen, ob Papa bitte rangeht und sie kann gerade nicht. Papa ist wütend gewesen, aber dann hat er sich gefreut und Tante Rita gleich alles erzählt. Tante Rita ist Papas Schwester. Papa war immer noch wütend, aber dann hat er losgelacht und gesagt, das ist nicht fair, dass sie ihn jetzt daran erinnert. Und das ist schon dreißig Jahre her. Zu blöd, dass man nicht weiß, was sie gesagt hat. Aber so was kriegt man nie raus. Dann ist Mama schon

mit so einem roten Schnapslikör angelaufen gekommen, und Papa hat nur noch geseufzt. Er hat gesagt, er darf nicht dran denken, dass ich auch bald in das Alter komme. Aber ich werde meine Hunde- und Katzenbilder bestimmt nicht abmachen wegen einer Nonne und einem Mann auf'm Klo!

Ich glaub, Meike heult immer noch. Vielleicht schenke ich ihr mein rosa Portemonnaie, auf das sie so scharf ist. Ich habe mir's schon übergesehen.

Eins ist bei uns echt gut: Entweder regt sich Papa auf oder Mama. Nie beide zusammen. Wer sich zuerst aufregt, der kann dann weitermachen. Vielleicht hat ihnen das auch Tante Rita gesagt, dass sich nicht beide Eltern auf ein Kind stürzen dürfen.

Wenn Onkel Fred gerade da ist, wenn was los ist, dann macht er gleich mit. Er schreit dann wie ein Wilder, dass Kinder eben was Grässliches sind, und er hat es immer gesagt, und man soll sie in den Wald schicken. Oder so was. Er hört gar nicht auf mit diesem Blödsinn, bis sich überhaupt kein Mensch mehr zurechtfindet und alle lachen.

Oli guckt auf einmal so komisch. Ich muss sehen, ob er etwa einen Knopf verschluckt hat. Wenn es nur ein kleiner Knopf ist, dann sag ich Mama lieber gar nichts, und er soll ein Brötchen hinterheressen. Mann, ist das ein Tag.

Oma ist auch manchmal so komisch

Heute waren wir mit Mama einkaufen, und da haben wir doch wieder diese Frau Liebetreu getroffen! Das war wieder echt zum Kotzen, und das nächste Mal rennen wir schon vorher weg, wenn wir sie sehen. Meike und ich. Oliver ist immer ganz nett zu ihr, und eigentlich hat er recht, denn die Liebetreu macht ja gar nichts Schlimmes. Außer, dass sie ziemlich laut redet. Aber sie guckt immer gleich, ob sie nicht Bonbons oder Kekse hat, und sonst kauft sie ein Eis oder irgendwas. Kann man gar nicht meckern. Aber Mama!! Mama ist nicht zum Aushalten, wenn die Liebetreu auftaucht! Meike denkt, das kommt vielleicht, weil sie so reich ist und weil ihr unser Haus gehört; aber bei Frau Keller ist es genauso, und das ist bloß Mamas Ärztin. Jedenfalls, wie Oli sich ein bisschen auf die Straße gesetzt hat, musste er sofort wieder aufstehen, und Mama hat ganz blöd

an ihm rumgeputzt. Und zu Meike hat sie plötzlich gesagt, sie sieht wohl nicht richtig und sie soll sofort den Lack von den Fingernägeln runtermachen zu Hause. Dabei macht Meike das öfter, und Mama sagt nie was.

Aber immer wenn die Liebetreu oder die Keller dabei ist, macht sie Terror!

Mich hat sie gefragt, ob es denn gut gelaufen ist mit der Mathearbeit. Was geht die Liebetreu das an? Interessiert die doch gar nicht! Und dann hat Oli in der Nase gebohrt, weil ihm so langweilig war, und da hat Mama ihm ganz hysterisch auf die

Finger gehauen. Macht sie sonst auch nie! Oma ist auch manchmal so komisch und erzählt andern Leuten, wie klug oder fleißig oder was weiß ich wir sind, und man weiß überhaupt nicht, was man für ein Gesicht machen soll. Oli schneidet dann ganz dämliche Grimassen, und Meike hat ihm schon mal eine geklebt deswegen.

Weil sie das nicht aushalten kann.

Da hat Oli sie getreten, und Oma hat die Augen gerollt und hat nachher gesagt, wir haben sie blamiert. Auf die Knochen. Opa ist anders. Wenn wir jemand treffen, sagt er bloß, »das ist mein Linchen«, und dann redet er weiter wie immer. Opa darf auch Linchen zu mir sagen. Sonst kann ich nicht leiden, wenn man an meinem Namen herumändert. Onkel Fred sagt manchmal »Karo-Dame«, wenn ich fein angezogen bin, aber das ärgert mich nicht, denn er findet Feinanziehen genauso grässlich. Als neulich lauter Leute bei uns waren, da musste Onkel Fred auch einen guten Anzug anziehen. Aber er hat sich so einen Kitsch vom Rummel ins Knopfloch gesteckt, den er mal geschossen hat. Ein Affe auf einer Palme sollte das sein. Mama war genervt, weil sie Angst hatte, er macht das nicht ab. Und dann hat es geklingelt, und die Leute kamen ganz wichtig rein, und Onkel Fred hat schräg gestanden, und Mama wusste immer noch nicht, ob er den Affen noch dranhat. Aber er hat ihn dann bloß noch in der Hand gehabt.

Übrigens haben wir eine neue Klassenlehrerin! Scheint ganz gut zu sein. Sie hat gesagt, sie will nach und nach alle Eltern besuchen. Muss ich unbedingt vorher mit Mama reden, dass sie nicht wieder so anders tut. Monika sagt, wenn Mama vor der Lehrerin so 'ne Show abzieht, dann soll ich mit Meike und Oli nackend durchs Zimmer laufen und sagen: »Ach, guten Tag, aber wir müssen jetzt dringend baden. Die vier Wochen sind um!« Mit Monika will ich unbedingt mal zusammen woh-

nen! – Eben kommt Mama nach Haus, und sie hat gleich fröhlich gerufen, wer von ihren lieben Kinderchen denn da ist! Sag ich ihr heute noch nichts wegen der Liebetreu. Vielleicht macht sie das auch nicht wieder.

Immer kommt was dazwischen

Also, den Tag heute kann man echt vergessen! Und nun schreib ich auch noch alles auf! Na ja. Also: Erst mal bin ich nach dem Wecken gleich wieder eingeschlafen. Mama ist zu spät zum Nachgucken gekommen, und dann konnte ich überhaupt nicht frühstücken. Das heißt, ich hätte schon noch gekonnt, wenn Mama sich nicht immer so

anstellen würde mit Waschen und allem. Sie horcht immer, ob sie auch hört, dass ich Zähne putze und dass das Wasser lange genug läuft. Musste ich ohne Frühstück los, und das Schulbrot hab ich auch liegen lassen. Monika hatte ihrs schon auf dem Schulweg aufgegessen, weil sie auch verschlafen hat. Elke hatte ekelhaften Käse drauf, und Verena kann nichts abgeben, weil sie Diät macht, und alles ist ausgerechnet, und sie stirbt sowieso schon vor Hunger. Bin ich schnell rüber zum Bäcker, und peng, hat

mich natürlich unser Hausmeister gesehen und angequatscht und aufgeschrieben. Aber Gott sei Dank erst auf dem Rückweg, und ich hatte meine Streuselschnecke schon halb auf.

Dann haben wir aber noch alles besprochen für unseren Vierer-Club! Nämlich, Monika, Elke, Verena und ich finden, dass wir die besten Typen aus der Klasse sind. Wir wollen uns alle gleiche Sachen kaufen. So hohe weiße Turnschuhe und rote Socken und weiße T-Shirts. Auf die wollen wir auch noch was Rotes draufsticken. Ein Geheimzeichen.

Gleich nach der Schule wollte ich mit Mama reden, ob sie mir Geld gibt zum Einkaufen, und dann war keiner da. Nur ein Zettel, dass ich mir die Bohnen von gestern warm machen soll und dass Mama beim Zahnarzt ist. Hab ich die blöden Bohnen gegessen und ewig gewartet. Ich hab noch mal genau alle Groschen von der Sparbüchse gezählt, aber das reicht nicht. Und dann kam Mama und hat bloß abgewinkt und sich gleich ins Bett gelegt! Tat mir ehrlich unheimlich leid mit ihren Zahnschmerzen, aber trotzdem. Immer kommt was dazwischen, wenn man was Wichtiges vorhat! Dann kam Papa, und ich hab mit ihm geredet, aber der hat sich angestellt. Wir sollen froh sein, hat er gesagt, dass uns niemand zwingt, das Gleiche anzuziehn wie andere. Und ich würde doch sonst immer so wichtig reden mit meinem eigenen Geschmack und dass ich machen kann, was ich will. Er hat echt nicht gecheckt, dass das

ja gerade mein eigener Geschmack ist! Ich hab dann einfach gesagt, die andern haben die Sachen schon, und die Eltern haben kein Theater gemacht. Da hat er sich erst recht aufgeregt und gesagt, er lässt sich nicht unter Druck setzen.

Jetzt muss ich warten, bis Mamas Zahnschmerzen weg sind. Oder ich ruf Onkel Fred an. Er hat mir schon mal Geld gepumpt (und ich hab ihm fünfmal Autowaschen versprochen, aber dann musste ich bloß einmal). Er fragt nie, was man mit dem Geld machen will. Letztes Mal hat er bloß gesagt, ich soll aufpassen, wenn ich vielleicht einen Zwergelefanten kaufen will, weil die Händler immer betrügen. Und meistens sind es gar keine Zwergelefanten, sondern nur Spätentwickler, und die werden nachher besonders groß! Hoffentlich ist er zu Hause.

Bis zum Wochenende muss ich das unbedingt klarkriegen mit den Club-Sachen. Dann fahren wir auf irgendeine Wiese mit Picknick und allem und erfinden eine Geheimschrift.

Die Erwachsenen haben sowieso lauter Geheimnisse

Heute haben wir es irre gemütlich gehabt, Meike und ich! Meike hat Schachteln bemalt, und ich hab Topflappen gehäkelt, und wir haben gequatscht und gequatscht! Topflappen häkeln ist natürlich ziemlich blöd, aber Mama hat sich neulich Gott sei Dank die Finger verbrannt, weil ihre Lappen immer nicht reichen, und da häkel ich ihr ganz riesige. Lila mit hellgrünem Rand, und die sind dann doch was Besonderes.

Oli wollte den einen schon zum Zudecken für sein Puppenbaby haben.

Meike und ich finden, das Schönste an dem ganzen Weihnachten sind die Geheimnisse! Natürlich auch die Geheimnisse, dass man nicht weiß, was man kriegt und ob es stimmt, wenn Papa sagt, dass er die Wunschzettel alle gleich weggeschmissen hat, weil alles gar nicht infrage kommt und weil er nach Weihnachten auch noch ein

Brötchen zum Frühstück essen möchte. Klar stand bei mir wieder das Pony drauf! Weil ich ja mit Monika gewettet habe, ob das klappt, was sie sagt, und dass ich irgendwann dann zum Trost meinen Dackel kriege. Aber das Tollste sind die Geheimnisse, die man selber haben kann! Sonst wollen die Erwachsenen immer alles von einem wissen; aber Weihnachten können sie nicht! Meike hat gestern den ganzen Nachmittag Frisuren probiert mit diesem Lockenstab, mit dem Mama mal drei Stunden an ihrem Kopf gefummelt hat, bis ihr bald die Arme abgefallen sind. Und dann hat Papa gesagt, sie sieht aus wie ein Rosetten-Meerschweinchen, und Mama hat den Stab in den Müll gefeuert. Weil sie ihn sowieso von Tante Lisa hat, die immer so was schenkt, als ob sie findet, man ist nicht schön genug oder riecht nicht gut oder so. Meike hat das Ding aber rausgeholt, und gestern hat sie sich Wellen gemacht.

Gar nicht so schlecht, nur ein bisschen affig.

Und die Wimpern hat sie sich auch angemalt, und die ganze Zeit hat sie das Zimmer abgeschlossen und gesagt, es sind Weihnachtsgeheimnisse. Heute haben wir auch nicht aufgemacht, auch nicht, als wir bloß noch Platten gehört haben. Und wenn wir nachmittags wegwollen, sagen wir auch einfach, es ist wegen Weihnachten.

Dann kann man immer noch sehen, was man macht.

Es ist echt stark, und das kommt bloß, weil sie einen sonst immer so ausquetschen. Nie können sie abwarten, bis man was von allein erzählt.

Außer Onkel Fred, aber der ist auch nicht erwachsen, sagt Papa.

Die Erwachsenen haben sowieso lauter Geheimnisse, aber sie sagen einfach, man versteht es noch nicht. Verstehen wir aber doch. Papa kann nach dem Dienst doch ruhig mal was andres machen, als nach Haus kommen. Finden wir auch grässlich, dass man immer pünktlich da sein soll, auch wenn einem gerade was Schönes ein-

fällt. Braucht Papa doch gar nicht zu sagen, es sind Überstunden. Meike hat ihn nämlich getroffen, wie er aus einem Kino rauskam, was immerzu läuft und immer wieder von vorn anfängt. Sie hat aber nichts gesagt. Mama sagt auch nie, wenn sie zu ihrer komischen Freundin geht, die Papa nicht ausstehen kann. Neulich hat sie mit Oli geschmust, und Oli hat gesagt, sie riecht wie Tante Ivonne. Die hat so eine Duftwolke um sich rum. Mama hat gesagt, Oli spinnt, aber wir haben gemerkt, dass es wahr ist.

Oli hat nämlich eine Supernase. Er kann schon an der Haustür riechen, was es zu essen gibt. In unserem Vierer-Club haben wir ausgemacht, dass wir uns alles erzählen, aber nur, wenn wir Lust haben. Fragen ist verboten. – Gerade hat Mama mit Oma telefoniert und hat gesagt, die Kinder haben lauter kleine Geheimnisse, und es ist rührend. Find ich wirklich beknackt, dass ein lila Topflappen ein Geheimnis sein darf und Uwes Kaninchen nicht. Da bin ich mal hingegangen und hab vorher nichts gesagt und hinterher auch nicht gleich. Und da war großes Theater, weil Mama Heu an meinen Hosen gesehen hat.

Aber Weihnachten ist toll!!!

Da hat Mama geguckt, als wenn sie krank ist

Jetzt ist schon wieder alles vorbei! Ich meine Weihnachten und die ganzen Aufregungen. Erst war es wie immer: Einen Tag vorher hat Papa das Wohnzimmer abgeschlossen, und dann konnte man hören, wie er flucht und rumstampft. Weil er jedes Jahr denkt, der Baum passt in den

Ständer, und dann muss er doch wieder an dem Stamm rumschnitzen. Meistens schneidet er sich noch in den Finger, und der Baum wackelt trotzdem und steht schief.

Mama hat inzwischen mit der Taschenlampe auf dem Hängeboden rumgeleuchtet und den Weihnachtsschmuck gesucht. Der Karton ist aber immer ganz hinten, und sie macht erst tausend andere auf. Abends waren wir aber ganz gemütlich in der Küche. Da hat Mama plötzlich geguckt, als wenn sie krank ist, und hat gesagt, sie hat noch einen großen Weihnachtswunsch. Papa hat gleich gesagt, dass er gar nichts mehr kaufen kann, und Meike hat gesagt, sie wird in Gottes Namen den Tisch decken und abwaschen und alles, und ich hab gedacht, ich soll das Gedicht vom vorigen Jahr noch mal aufsagen. War es aber alles nicht. Mama hat weiter so rumgeredet und dass wir Weihnachten dauernd Pfefferkuchen und Stollen essen und dass niemand richtigen Hunger hat. Dann hat sie gesagt, dass sie am ersten Feiertag am liebsten in den neuen Büchern schmökern will und Spiele mit uns spielen und vielleicht Schlittschuhlaufen gehen. Und wir wussten immer noch nicht, was sie will. Endlich kam sie damit raus, dass ihr die Weihnachtsgans jetzt schon im Magen liegt und ob wir nicht vielleicht einfach Erbsensuppe essen können! Wir haben uns gewundert, dass es weiter nichts ist, und Papa hat gesagt, er dachte, dass Mama ohne Weihnachtsgans nicht leben kann. Meike hat gesagt, dass in ihrer Diät gar keine Gans vorkommt, und ich wollte sowieso am liebsten zu Monika gehen und gucken, was sie gekriegt hat.

Oli hat nichts gesagt, weil er schon im Bett war, aber er will nie was Richtiges am Tisch essen, wenn er neue Spielsachen hat.

War also alles klar, und Mama war ganz happy. Wir hatten dann auch einen super Feiertag ohne Programm. Papa hat sogar noch Pappteller gekauft, und jeder, der

Suppe gegessen hat, hat seinen Teller gleich weggeschmissen.

Bloß Mama hat geschimpft wegen der Verschwendung und hat ihren abgewaschen.

Aber mittags ist Onkel Fred gekommen und hat gesagt, er will nicht, dass die Traditionen mit Füßen getreten werden, und er besteht auf der Gans. Und dann hat er eine aus Marzipan ausgepackt! Ich hab tolle Tierbücher gekriegt und einen Stoffhund, der sieht aus wie echt. Besonders, wenn er auf meinem Bett liegt. Und ein Detektivspiel und noch Anziehsachen. Monika hat ein Puzzle mit tausend Teilen gekriegt, und jetzt müssen sie irgendwo ein Hochbett bauen – aber ohne Bett –, damit sie da oben ihr Puzzle machen kann. Unten ist kein Platz. Von ihren Brüdern hat sie einen Schal gekriegt; ganz tolle Farben und selbst gestrickt, und man sieht genau, wo einer aufgehört und der andere angefangen hat. Findet Monika gerade schön. Sie hat jedem ein Taschenbuch geschenkt mit gemaltem

Lesezeichen. Ihr Vater sagt, eigentlich hat jeder sechs Bücher gekriegt, weil man sie ja reihum lesen kann. Meike hat von Opa einen Kasten mit lauter kleinen Parfümfläschchen gekriegt, und jetzt riecht sie jeden Tag anders. Heute riecht sie nach Maiglöckchen. Gestern haben wir den ganzen Abend mit meinem Detektivspiel gespielt, und Papa hat den Fernsehkrimi versäumt! Gewonnen hat er aber trotzdem nicht.

Vorhin hat Oli gefragt, wann der Osterhase kommt, und Mama hat bloß gesagt »Pflaumenpfingsten«. Papa hat gestöhnt und gesagt, dass es noch so weit kommen wird, dass der Osterhase gleich dem Weihnachtsmann aus dem Sack springt, weil die Kinder heute alles auf einmal haben wollen. Ist natürlich Quatsch. Ich denke noch gar nicht an Ostern. Erst mal soll Schnee sein. Monikas einer Bruder will mir Ski laufen zeigen. Er ist ziemlich nett.

Oma ist aber sitzen geblieben

Opa ist heute ins Krankenhaus gekommen. Es ging gleich früh los mit der Aufregung, weil Opa schon um sechs aufsteht und weil er sich als Erstes den Wasserkessel auf den Fuß geschmissen hat. Dann ist er vor Schreck in den Katzennapf getreten und ausgerutscht. Und dann hat er keine Luft gekriegt, und Oma ist zum Telefon gerast und hat Mama angerufen; und dann war die Aufregung bei uns. Mama ist gleich los, und Papa sollte Oliver zum Kindergarten bringen, aber er konnte nicht. Meike wollte ihn bringen, aber sie durfte nicht. Weil Papa wusste, dass sie Mathe schreiben. Da musste ich Oli bringen, und ich war froh, dass ich nichts gesagt hatte von unserer Englischarbeit heute! Aber Meike war wütend und hat die Tür geknallt und beinahe den Oli eingequetscht, und Papa hat die Tür wieder aufgerissen und Meike angeschrien. Aber dabei hat er den Oli getreten, und der hat gebrüllt. Ein bisschen später hat Oli ganz locker gefragt, ob der Opa nun stirbt, und Papa hat ihn angeschnauzt, dass er ein gefühlloses kleines Ungeheuer ist. Da hat Meike zu Papa gesagt, was das für eine Erziehung ist, und kleine Kinder dürfen so was fragen. Und Papa hat sich die Frechheiten verbeten und hat sich den Pullover verkehrt herum angezogen. Es war echt Action!

Als ich Oli dann abgegeben hatte, bin ich schnell wieder nach Haus zurück. Es ist unheimlich schön, wenn man vormittags allein in der Wohnung ist, und man ist nicht krank und gar nichts. Erst hab ich Musik gehört und Schokolade gegessen; aber dann wollte ich lieber was machen, wo ich nicht so gute Laune habe. Wegen Opa. Da hab ich alle Schuhe geputzt, aber das hat plötzlich auch Spaß gemacht, konnte ich gar nichts gegen machen. Nachmittags bin ich mit Mama ins Krankenhaus gefahren, wo sie Opa hingebracht haben. Opa hat einen Gipsfuß. Er darf damit rumhumpeln, aber erst, wenn sie wissen, dass sein Gehirn nicht durcheinandergeschüttelt ist. Solange muss er liegen. Opa hat erzählt, dass Oma gleich Krach hatte mit der einen Schwester, weil die wollte, dass Oma nach Hause geht. Weil keine Besuchszeit war. Aber Oma hatte Opa versprochen, dass sie bleibt, bis man weiß, was los ist. Und als er mit dem Gips ankam, hat sie gesagt, sie wartet nur noch, bis seine Nase nicht mehr so weiß aussieht, und dann geht sie. Die Schwester hat gesagt, auf die Nasen von den Patienten passt sie schon selber auf, und Oma muss gehen. Oma ist aber sitzen geblieben. Dann ist eine andere Schwester gekommen und hat gesagt, sie kann ihrem Mann auch an der Nasenspitze ansehen, wie es ihm geht, und wenn es die andern nicht stört, soll Oma ruhig noch bleiben. Es sind noch drei Männer im Zimmer, und die haben gesagt, sie haben gern Damenbesuch. Dann hat Opa gesagt, er braucht einen Schnaps auf den Schock, und da war Oma beruhigt und ist gegangen.

Zur Besuchszeit waren wir aber wieder da, und Oma hat Opas Lieblingsblumentopf mitgebracht. Da kam wieder die erste Schwester und hat gesagt, Töpfe sind verboten wegen der Bazillen in der Erde. Sie hat geguckt, als ob sie wartet, dass Oma wieder Krach macht; aber Oma hat ganz freundlich gesagt, dass sie das nicht wusste, und sie nimmt den Topf wieder mit. Opa hat immerzu geseufzt und gesagt: »Ach, Kinder, war das nun nötig?«, aber Schmerzen hat er keine. Meike hat gesagt, wenn sie noch mal ins Krankenhaus muss, dann soll Oma sie hinbringen. Weil sie Mama und Papa auch weggeschickt haben, als Meike wegen ihrem Blinddarm ins Krankenhaus musste. Und sie sind wirklich gegangen! Mama war ganz traurig, als Meike das gesagt hat, und hat gemeint, dass sich alte Leute wahrscheinlich mehr trauen. Aber Monika traut sich jetzt schon! Gestern hat sie einfach nicht mehr mitgeturnt, weil die neue Turnlehrerin immer lacht, wenn Hilke nicht über das Pferd rüberkommt. Hilke ist ziemlich dick, und sie klebt dann immer bloß obendrauf. Plötzlich haben ein paar andere auch nicht mehr mitgeturnt, und die Lehrerin hat überlegt, was sie macht. Aber es ist ihr nichts eingefallen. Gelacht hat sie aber auch nicht mehr.

Weil das tätige Reue ist

Heute hatte ich unheimlich Glück in der Schule! Ausgerechnet wegen der blöden Eveline, die sich jeden Tag vor der Schule Kuchen kauft und immer ganz teuren. Und nie was abgibt. Aber heute hat sie mich gerettet! Ich hatte absolut vergessen, Erdkunde zu lernen, und Frau Weber hat in ihr Notizbuch geguckt, und dann hat sie mich angesehen und gesagt, sie glaubt, sie wird es mal mit mir versuchen. Ich hab überlegt, ob ich gleich sage, dass ich nichts gelernt habe, oder ob ich es vielleicht schaffe, wenn

Monika mir vorsagt. Aber da hat sich Eveline wie eine Wilde gemeldet und mit dem Finger geschnipst und auch gleich losgekreischt, dass ihr jemand das Portemonnaie geklaut hat! Und gerade hat sie es noch gehabt, und es waren zwanzig Euro drin, weil sie nach der Schule zum Friseur muss. Alle haben gelacht, und Christa hat gesagt, sie schneidet ihr die Haare umsonst, und sie wird ganz toll aussehen. Aber Frau Weber hat ein ernstes Gesicht gemacht und um Ruhe gebeten. Und dann hat sie einen langen Vortrag gehalten, dass das eine ganz schlimme Sache ist und dass die Ehre der ganzen Klasse auf dem Spiel steht. Und sie hat gesagt, sie hat eine ganz gute Idee: Jedes Kind soll einzeln rausgehen mit seiner Mappe und seinen Anziehsachen (falls das Portemonnaie da drin ist!) und mit einem leeren Zettel. Wer das Portemonnaie hat, soll es irgendwo verstecken und auf den Zettel schreiben, wo. Und er darf auch seine Handschrift verstellen. Die andern sollen leere Zettel abgeben, aber sie sollen eine

Weile warten, bis sie wieder reinkommen. Die Zettel sollen geknifft werden und in einen Karton getan, und dann wird man sie lesen. Sie hofft, dass Eveline auf diese Weise ihr Eigentum zurückbekommt, und wir wollen dann alles vergessen, weil das tätige Reue ist und weil Frau Weber weiß, dass das nie wieder vorkommen wird.

Das war echt ein Knüller! Es hat eine Ewigkeit gedauert, bis alle einen Zettel hatten und mit ihren Klamotten raus und wieder rein waren. Monika ist extra lange draußen geblieben wegen meinem Erdkunde! Da hat Felix gesagt, sie findet wohl so schnell kein gutes Versteck. Frau Weber war empört, weil er ihr mit solchem Gerede den ganzen Plan kaputt macht; aber Felix hat das gar nicht so gemeint. Der macht immer Quatsch. Als endlich alle Zettel im Karton waren, hat Frau Weber Ute nach vorn geholt, weil sie Vertrauensschülerin ist und weil sie ihr helfen sollte, den richtigen Zettel zu finden. Und sie haben beide die Zettel aufgefaltet, und Frau

Weber hat immer mehr den Mund zusammengekniffen und sich die Haare hinters Ohr geschoben. Weil so viel Blödsinn auf den Zetteln stand! Das hat uns Ute hinterher erzählt. »Ich hab das dämliche Portemonnaie nicht«, stand da, oder: »Es ist im Klo und runtergespült.« Und einer hat geschrieben: »Ich klaue keine Portemonnaies, ich überfalle nur Banken.« Aber die meisten Zettel waren leer, und was Richtiges stand nirgends drauf. Frau Weber hat gesagt, dass sie das nicht gedacht hätte und dass sie jetzt auch nicht weiß, was sie mit dieser Klasse machen soll. Da hat Detlev gesagt, dass Eveline das Portemonnaie vielleicht beim Bäcker liegen gelassen hat und ob er mal fragen gehen soll. Aber Frau Weber hat gesagt, dass sie das dann schon selbst machen muss, weil wir nicht das Schulgebäude verlassen dürfen. Und sie ist wirklich zum Bäcker gegangen und war ganz schnell wieder da und außer Atem. Und das Portemonnaie hat sie gehabt! Sie hat mit Eveline geschimpft, weil schon so viel Unglück passiert ist mit solchen Verdächtigungen, und Eveline hat angefangen zu heulen. Aber eine Strafarbeit muss sie trotzdem machen. Sie muss einen Aufsatz schreiben, warum man niemanden leichtfertig verdächtigen darf, oder so. Als endlich wieder Ruhe in der Klasse war, hat Frau Weber noch mal ihr Buch genommen und hat mich noch mal angeguckt, und da hat es geklingelt, und sie hat nur noch gesagt: »Also, dann das nächste Mal, Karoline.« Klar, dass ich zum nächsten Mal lerne wie bescheuert!

Weil es Perlen vor die Säue ist

Heute hat's richtigen Krach bei uns gegeben, aber es hat mir gar nichts ausgemacht! Weil Meike, Oli und ich uns nämlich total einig waren, und das finde ich immer stark! Dann sind wir schon mal drei gegen zwei, auch wenn Mama und Papa natürlich bestimmen können. Aber so richtig wissen sie dann nie, was sie machen sollen.

Heute haben wir uns alle drei aufs Sofa geschmissen und haben gesagt, wir stehen nicht eher auf, bis das klar ist, dass sie ohne uns zu Onkel Heinz und Tante Inge gehen. Tante Inge kennt Mama noch aus der Schule, und es ist eine ganz dicke Freundschaft. Auch mit den Männern. Und nun denken sie alle, ihre Kinder müssen auch dicke Freunde sein. Die haben nämlich auch drei. Die Großen sind Jungens, und jeder ist ein bisschen jünger als Meike und ich. Das Mädchen ist so alt wie Oli. Die Erwachsenen sind ganz begeistert, wie gut das passt. Passt aber überhaupt nicht. Meike und ich wissen nie, was wir mit den Jungens reden sollen, und die stehen immer so rum und haben auch keine Lust, was mit uns anzufangen. Und diese Nicola will den Oli immer bloß rumkommandieren. Das letzte Mal hat Meike sie plötzlich angeschrien, dass der Oli nicht ihr Diener ist und sie soll sich ihre dämlichen Spielsachen gefälligst alleine holen! Da sind die Jungens gleich über Meike hergefallen und haben gesagt, in ihrem Haus wird mit kleinen Kindern nicht in diesem Ton geredet! Meike hat gesagt, dass sie das schon gemerkt hat, was sie für einen Ton haben mit Nicola. Und dass sie ein grässliches, verzogenes Gör ist, und sie würden sich noch wundern.

Da haben sie uns einfach allein gelassen. Aber gepetzt haben sie nicht. Als Onkel Heinz später gefragt hat, ob wir auch schön zusammen gespielt haben, haben wir auch nichts gesagt. Aber noch mal gehen wir da nicht hin! Papa ist ganz wütend geworden, weil er uns endlich mal anständigen Umgang bietet und wir kein Gefühl dafür haben! Plötzlich hat Meike gesagt, es ist okay, und wir kommen mit. Unter einer Bedingung. Ich hab schon gewusst, dass sie sich was ausgedacht hat. Papa hat es auch gewusst und gesagt, er lässt sich auf keine Bedingungen ein; aber hören wollte er sie doch. Dann hat Meike erklärt, dass Mama und Papa auch immer mitkommen sollen, wenn wir unsere Freunde besuchen. Und sicher werden sich alle Eltern ganz dufte verstehen und schön zusammen spielen. Weil es mit dem Alter auch gut passt. Ich hab gesagt, ich finde das toll, weil ich schon immer wollte, dass Mama und Papa Moni-

kas Eltern kennenlernen. Aber sie haben immer eine Ausrede gehabt. Meike hat dann noch weiter geredet, was für einen schönen Nachmittag Mama und Papa bei den Eltern von ihrem Ralf haben werden. Weil sie uns nämlich schon erzählt hat, dass Ralfs Vater immer auf Papas Partei schimpft! Und dann hat sie gemeint, dass Opa auch gleich mitkommen kann, weil die auch einen Opa haben. Und der ist immer ganz glücklich, wenn jemand Neues kommt, und er kann seine Orden und Urkunden und alles zeigen. Dann wollte Oli auch noch was sagen, aber Papa hat schnell gesagt, er soll bloß den Mund halten. Olis bester Freund aus dem Kindergarten ist nämlich Türke.

Schließlich hat Mama den Papa angeguckt und hat gesagt, sie merkt deutlich, dass sie überhaupt keine Lust hat, uns mitzunehmen. Weil es Perlen vor die Säue ist. Papa hat genickt und festgestellt, dass er auch keine Lust hat mit uns. Aber wir sollen uns nicht einbilden, dass wir es uns in letzter Minute noch anders überlegen können. Irgend so was sagt Papa immer, wenn er nachgegeben hat, damit es sich streng anhört. Macht ja nichts. Meike sagt, in drei Jahren können wir uns die Jungens mal wieder begucken. Vielleicht haben sie sich dann entwickelt.

Ich hab geschielt, und Papa war beleidigt

Irgendwie hab ich ganz vergessen, von meinem Geburtstag zu schreiben! Es war aber nichts Besonderes los, weil in der Klasse alle Grippe hatten. Erst Elke und Verena und dann Monika auch noch, und da konnte ich die Feier echt vergessen. Mama hat mir dafür ein großes Picknick-Fest im Sommer versprochen. Meike sagt, wenn wir »Geburtstagsersatzfeier« auf die Einladungen schreiben, dann bringen auch alle Geschenke mit.

Nachmittags sind Oma und Opa gekommen und haben mir einen Karton geschenkt. Ganz feierlich verpackt. Mama hat mächtig gespannt getan, was wohl drin ist; dabei weiß ich genau, dass sie immer alles besorgt. Also, es war ein Kleid drin. Und ich hab mich bedankt und gesagt, dass ich es bestimmt niemals anziehe. Erstens sowieso nicht und zweitens, weil es auch noch so ekelhaft fein ist. Aus Samt. Falls ich mal ins Konzert gehe oder ins Theater. Aber ich lasse mir doch nicht das ganze

Theater verderben mit einem blöden Kleid! Papa hat gesagt, dass ich mich bestimmt daran gewöhne, wenn ich erst mal sehe, wie schön ich damit bin. Und ich soll es anziehn. Hab ich gemacht, und alle konnten sich gar nicht mehr einkriegen vor Begeisterung. Bloß Meike hat geguckt, als ob ich gerade adoptiert bin. Papa ist mit seiner Polaroid-Kamera angerannt gekommen

und hat geknipst, und alle haben auf das Foto gestarrt, wann ich endlich zu sehen bin. Aber ich hab geschielt, und Papa war beleidigt. Weil er das teure Foto verschwendet hat. Dann hat es geklingelt, und ich bin aufmachen gegangen, und es war Onkel Fred. Er hat mich gesehen und ist gleich noch mal einen Schritt zurück und hat auf das Türschild geguckt. Dann hat er sich gewundert, dass es doch richtig ist, und hat gegrinst und mir die Hand geküsst. Das hat mir dann echt gelangt! Ich hab mir das Kleid sofort ausgezogen, und es ging ganz schwer über den Kopf, und Onkel

Fred hat mitgezogen und hat es gleich der Mama überreicht. Es war jetzt linksrum, und ein Knopf war ab. Aber Mama konnte nicht so richtig schimpfen, weil ja Geburtstag war. Oma hat außerdem gesagt, bei dem Preis muss ein Knopf fest dransitzen. Oli hat gleich überall gesucht, aber er hat nur einen alten Kaugummi gefunden. Dann wollte ich das Foto wegschmeißen, bevor Onkel Fred es sieht, aber Opa hat gesagt, er will es aufheben, damit er sich immer an dieses Zehn-Minuten-Kleid erinnert! Onkel Fred hat gemeint, dass man für ein Samtkleid ohne Knopf immer noch ein Paar Jeans kriegen wird, und dann hat er mir

sein Geschenk gegeben. Es war eine ganz lange Hundeleine. Mama hat gefragt, was das soll, und es gibt bei uns keinen Hund, soviel sie weiß; aber Onkel Fred hat sie beruhigt. Weil die Leine für den Muppi von Frau Prischke ist. Mit dem geh ich immer spazieren, und wenn er plötzlich losrast, falle ich jedes Mal beinahe hin. Weil die Leine so kurz ist und es gleich ruckt. Aber vielleicht finde ich auch mal einen Hund, den sie nicht mehr haben wollten. Wenn er dann ganz mager ist und traurig hochguckt, dann darf ich ihn vielleicht behalten. Natürlich wasche ich ihn vorher. Oli hat gleich versprochen, dass er mit aufpassen will auf weggeschmissene Hunde. Wir haben schon eine Büchse Hundefutter im Keller versteckt für alle Fälle. Und Monika hat Flohpulver besorgt.

Dann hab ich noch ein Buch geschenkt bekommen, wo man selber weiterzeichnen und zu Ende dichten muss. Alle waren ganz gierig, das zu machen, und ich hab jedem eine Seite abgegeben. Aber nur für Bleistift, damit ich's wieder wegkriege. Opa hat ein Aquarium gezeichnet und konnte nicht mehr aufhören. Immer ist ihm noch ein Fisch eingefallen, und wir haben ihm das Buch weggenommen. Wie er aufgestanden ist, hat er auf dem Knopf gesessen! Eigentlich war doch was Besonderes los.

Mann, war ich sauer

Heute hab ich Krach mit Papa; aber er weiß es noch gar nicht. Er ist gleich weggegangen, und ich konnte ja nicht durchs ganze Treppenhaus brüllen. Wenn er noch mal so ist, renne ich aber hinterher! Seine Schuld, wenn die Leute dann was denken! Und morgen gehe ich zu Frau Sonntag, und sie soll auf der Elternversammlung den Eltern mal sagen, dass sie aufhören sollen, so blöd zu sein! Dass man immer besser sein soll als die andern. Frau Sonntag hat uns das nämlich so toll erklärt mit diesen Teilaufgaben und der Multiplikation. Sie hat eine Rechenstaffel mit uns gemacht mit zwei Parteien, wie im Turnen. Ganz lange Aufgaben, und jeder musste ein Stück rechnen und dann weitergeben. Und welche Gruppe zuerst fertig ist ohne Fehler. Hat irren Spaß gemacht, und wir haben die ganze Stunde gespielt, und am nächsten Tag noch mal zwei Stunden, und plötzlich hatten wir's alle echt drauf. Dann haben wir eine Arbeit geschrieben, die haben wir heute zurückgekriegt. Es waren fünfzehn Einsen und siebzehn Zweien! Bloß Uwe und Karin hatten eine Vier, weil sie gefehlt haben. Aber die dürfen noch mal schreiben. Wir hatten alle eine Superlaune, und ich bin schnell nach Haus. War noch keiner da außer Papa, und der hat gerade lauter Akten in seine Tasche gepackt. Ich hab das natürlich gleich erzählt mit der Eins.

Aber ich hab schon gemerkt, dass er an ganz was andres denkt. Dann hat er »gratuliere« gesagt, aber immer weitergepackt. Als er fertig war, hat er gefragt, was denn die andern für Zensuren haben. Ich hab erzählt, dass wir jetzt alle spitze sind im Rechnen und dass es fünfzehn Einsen und siebzehn Zweien waren. Da hat er laut gelacht und gesagt, so was hat er sich schon gedacht, und nun wollen wir mal die richtige Arbeit abwarten. Und raus war er!! Mann, war ich sauer! Gott sei Dank ist gleich Meike nach Haus gekommen, und sie hat

gesagt, sie gibt mir die blöde Vase, die Tante Gerda ihr zum Geburtstag geschenkt hat, und ich kann sie zerschmeißen! Und sie fegt auch die Scherben auf! Aber dann haben wir losgelacht, und ich hab das gelassen mit der Vase, falls man sie noch mal nötiger braucht. Aber ich sag jetzt Mama nichts von meiner Eins. Extra nicht. Jetzt ruft sie gerade zum Essen …

Ich muss unbedingt noch was dazuschreiben! Weil es nämlich weitergeht. Also: Ich hab kein Wort geredet beim Essen, bloß gekaut und beleidigt ausgesehen. Hat aber keiner gefragt, was ich habe. Aber plötzlich hat Oliver gesagt, er hat was gemalt im Kindergarten, und er hat ein großes Zeichenblatt geholt, da war ein Kaninchen drauf auf einer Wiese. Man konnte es richtig erkennen. Papa hat gesagt, Oli ist ja ein richtiger Künstler, und da hat Meike ganz laut gefragt, was denn die andern Kinder gemalt haben. Und vielleicht haben die alle so was Schönes gemalt, und dieses

Kaninchen ist überhaupt nichts Besonderes! Mama hat Meike angeguckt, als ob sie ganz neu in der Familie ist, und hat gesagt, sie versteht sie nicht. Aber Meike hat Papa angeguckt und gesagt, einer am Tisch versteht sie bestimmt. Ich hab gar keinen angeguckt und weitergekaut und weiter beleidigt ausgesehen. Da hat Papa sein Messer hingelegt und hat gesagt, er glaubt, der eine ist er. Und er hat zu mir rübergeguckt und hat gesagt: »Tut mir leid, Karlinchen.« Ich hab immer noch nichts gesagt, nur so ein bisschen hochgeschielt. Dann war Mama beleidigt, weil ihr keiner gesagt hat, was das für Geheimnisse sind. Aber Papa hat gesagt, sie soll gefälligst ihre eigenen Fehler machen, und dann hat sie auch ein Geheimnis.

Ich muss jetzt unbedingt mit Meike noch Platten hören. Und vielleicht zeige ich Mama die Eins beim Gute-Nacht-Sagen.

Das war der gordische Knoten, sagt Papa

Oma war gestern der absolute Star des Tages! Alle haben ihr was geschenkt, und wir haben auf sie angestoßen, und sie hat überhaupt nicht Geburtstag gehabt oder sonst was. Und sie hat immerzu den Kopf geschüttelt, was alle für ein Theater machen! Weil es eigentlich nur ein einziger Satz war, den sie gesagt hat. Aber das war der gordische Knoten, sagt Papa, und sie hat ihn zerhauen oder so was. Das ist aber schon Monate her. Da war bei uns was los, und jeder hat jeden angeschrien, und alle waren beleidigt. Und Papa hat gesagt, er wird sehen, ob sie ihn nicht vier Wochen in einem Kloster wohnen lassen. Weil wir überhaupt nicht klarkommen konnten mit dieser Sommerreise. Papa wollte unbedingt nach Griechenland, weil er da schon seit hundert Jahren hin will, und nie klappt es. Mama hat ge-

sagt, sie weiß schon, dass sie dann vier Wochen ohne Schatten zwischen kaputten Säulen rumlaufen muss, und sie kriegt einen Hitzschlag. Oli wollte wieder dahin, wo wir voriges Jahr waren, an die See. Und er hat schon eine große Tüte mit Spielsachen vollgepackt für seine Freunde da. Ich wollte wahnsinnig gern auf den Bauernhof, wo Monika immer hinfährt. Sie kann da immer mithelfen und alles mit den Tieren machen. Meike wollte überhaupt nicht verreisen, weil sie gerade in einem Tennisclub ist und wie eine Irre trainiert. Und sie hat gekreischt, dass sie kein Reiseanhängsel ist. Und da ist Oma gekommen! Und sie hat eine ganze Weile zugehört und nichts gesagt. Und dann hat sie den Mund aufgemacht und gesagt, ob wir vielleicht in einen Kleistertopf gefallen sind und nun zusammenkleben. Und alle haben sie angeguckt, als ob sie gerade aus so einem Ufoding rauskriecht mit Antennen auf dem Kopf und ganz grün. Und dann hat Mama Kaffee gekocht, und nach einer Stunde war alles klar.

Und jetzt sind wir alle wieder zurück! Und es war so: Papa ist nach Griechenland gefahren und hat bloß zwei Hosen mitgenommen. Und er ist von einer Ruine zur anderen gelaufen und hat zehn Pfund abgenommen. Und er ist ganz braun, und morgen kocht er griechisch. Mama und Oli sind an die See gefahren, und Mama hat neun Bücher ausgelesen und war faul, faul, faul! Ihre Haare sind ganz hell geworden, und sie sieht unheimlich schön

aus. Oli hat schwimmen gelernt und ist in einen Angelhaken getreten; aber Gott sei Dank erst am vorletzten Tag. Und Mama hat ihn fast gar nicht gesehen, weil er den ganzen Tag bei dieser Fischer-Familie war. Er hat neunundzwanzig Pfund Steine und Muscheln mitgebracht, und immerzu rieselt Sand aus seinen Sachen. Meike hat inzwischen ihr Zimmer frisch gestrichen, und von ihrem Reisegeld hat sie sich einen Schaukelstuhl und eine Lampe gekauft. Oma hat ihr Kochen gezeigt, und Opa sagt, sie ist richtig erwachsen geworden. Und sie darf beim Tennisturnier mitmachen. Aber ich hatte es am allertollsten! Ich bin mit Monika und ihrem Vater und ihrem Bruder Jan auf den Bauernhof gefahren! Und ich hab ein Pony gehabt! Ich hab es gefüttert und geputzt, und es hat mich richtig gekannt. Und ich bin auch geritten, und der Bauer hat gesagt, wenn ich jedes Jahr wiederkomme, gehört es mir ein bisschen! Und es waren kleine Ferkel da, und wir haben jeden Morgen die Eier gesucht von zwei dämlichen Hennen, die immer woandershin legen. Und zum Schluss haben wir ein Heubodenfest gemacht, und ich habe getanzt mit dem Jan. Ich bin jetzt zu müde zum Wei-

terschreiben, und alle Sachen sind noch im Zimmer rumgeschmissen. Meike will nachher noch zu mir ins Bett kommen zum Erzählen.

Ein Glück, dass Oma das mit dem gordischen Knoten gemacht hat.

Dann ist uns eingefallen, dass Oli das schon lange so macht

Heute haben wir was ganz Irres erlebt! Papa, Meike und ich sind einkaufen gefahren mit dem Auto. Das machen wir fast nie, weil Papa sagt, diese Einkauferei nervt ihn wie sonst was. Und lieber schippt er Kohlen. Aber es gibt ja gar keine Kohlen zu schippen bei uns. Jedenfalls – er war wieder mal echt gestresst mit dem Einkaufen. Dann hat Meike auch noch gesagt, dass sie nicht beim Fleisch anstehen will, weil sie keins isst. Und es ist ihr so eklig. Papa hat

sie angefaucht und gesagt, was er eklig findet, ist ihre widerliche Tuscherei in ihrem Gesicht, und sie sieht wieder aus wie sonst was. Und am liebsten würde er umkehren. Aber er hat gewusst, dass das Bier alle ist bei uns, und da ist er weitergefahren. Ziemlich schnell. Aber es hat uns trotzdem einer überholt. Es war ein grünes Auto, und es ist nur so vorbeigeflitzt. Und dann kam eine Kreuzung, und da ist der Grüne vor unserer Nase rechts rüber. Papa ist auf die Bremse geklotzt und hat geschrien, ob der Typ total hirnrissig ist, und er wird ihn anzeigen! Und wir sollen uns die Nummer merken. Aber wir konnten die Nummer nicht sehn, weil die Ampel rot war und weil der Grüne direkt neben uns stand. Aber da ist der Mann aus dem Grünen plötzlich rausgesprungen und hat mit den Armen gewedelt und ist auf Papas Seite rübergelaufen. Papa hat gleich das Fenster runtergekurbelt, damit er ihn besser anbrüllen kann, aber er konnte nicht. Denn der Grüne hat zuerst geredet. Er hat gesagt, es tut ihm so leid, und er fährt schon den ganzen Tag wie eine gesengte Sau! Und er ist Papa so dankbar, weil der so toll gebremst hat. Und er dankt ihm sehr, sehr herzlich, und jetzt wird er ganz langsam nach Hause fahren und sich gleich ins Bett legen, damit er nichts mehr anrichtet! Dann hat er seine Hand durchs Fenster gesteckt, und Papa hat sie auch genommen. Aber dann musste der Mann rasen, weil die Ampel gelb war, aber er hat noch zu uns gewinkt. Meike hat Papa gefragt, ob sie die Autonummer aufschreiben soll, sie kann sie jetzt sehen, aber Papa hat gar nicht hingehört. Er hat laut gelacht und gesagt, das Leben ist voller Überraschungen. Nachher hat er beim ganzen Einkaufen überhaupt nicht rumgestöhnt.

Meike hat gesagt, die Methode wird sie sich merken, wenn sie wieder mal eine Fünf schreibt. Dann wird sie Papa um den Hals fallen und sagen, dass sie das dümmste Mädchen aus der ganzen Schule ist, und sie wird am besten Putzfrau! Und vielleicht wird sie dann getröstet. Und dann ist uns eingefallen, dass der Oli das schon lange so macht. Gerade gestern wieder. Da ist er rumgetobt und hat eine Tasse vom Tisch gefegt. Und es sind sowieso schon immer zu wenig Tassen, wenn Besuch kommt. Aber er hat gleich eine Scherbe genommen und ist zu Mama gelaufen und hat gejammert, dass ihm was ganz Schlimmes passiert ist! Und er will Mama sein Feuerwehrauto schenken oder was sie haben will. Erst hat Mama noch ziemlich sauer auf die Scherbe geguckt, aber zum Schluss hat sie den Oli gestreichelt und gesagt, er soll sich um Himmels willen nicht so aufregen wegen einer Tasse. Wir sind echt blöd, dass wir uns das nicht längst vom Oliver abgeguckt haben! Jetzt wollen wir aber echt aufpassen, ob er sonst noch was Schlaues macht, woran wir Großen gar nicht denken!

Es müsste jeden Tag einer ganz früh in den Park gehen und Flugzeuge in die Bäume schießen

Ich sage meistens nie, wenn ich mit Monika in den Stadtpark will. Weil Mama immer gleich sagt, dass das schön passt und dass ich den Oli mitnehmen kann! Meike muss ihn nie mitnehmen, weil sie es einfach nicht macht. Sie spinnt dann rum, dass sie im Park Vokabeln lernen muss oder so, aber sie trifft da bloß irgendeinen blöden Typen aus ihrer Klasse.

Jedenfalls mussten wir den Oli heute wieder mitnehmen. Weil er ein neues Flugzeug hat. Das kann man hochschießen, und dann macht es lauter Kurven und kommt ganz elegant wieder runter. Oder auch nicht. Weil der Oli es nämlich ganz steil hochgehalten hat, und dann hat er das Gummi gezerrt, dass es gleich reißt, und dann ist das Flugzeug hoch wie ein Blitz und von oben rein in einen Baum. Da hat es festgesteckt.

Oli hat angefangen zu heulen, und ein Mann und eine Frau sind stehen geblieben und haben gefragt, was er hat. Monika hat gesagt, dass er nichts hat. Nämlich kein Flugzeug mehr, weil es im Baum sitzt. Die Frau hat »Ach, herrje!« gesagt, und der Mann hat gesagt: »Das haben wir gleich.« Und dann hat er einen Stock gesucht und hat ihn hochgeschmissen. Aber er ist nicht rangekommen an das Flugzeug. Dann hat er den Mantel ausgezogen, aber er hat es immer noch nicht geschafft. Aber der Stock

ist seiner Frau ein bisschen an den Kopf gekommen, und sie hat geschrien, er soll sofort aufhören! Und er ist keine zwanzig mehr. Aber da waren schon eine Menge andere Leute. Eine Frau hat ihren Kindern den Ball weggenommen und hat auch geschmissen. Aber das Flugzeug war immer noch zu hoch. Und dann hat wieder einer gefragt, ob er auch mal versuchen darf, und er hat das Flugzeug mit einem Stein getroffen. Alle haben geklatscht, aber es hat nur ein bisschen gewackelt und weiter nichts.

Dann wollten immer mehr Leute werfen, und man musste es richtig organisieren, damit keiner erschlagen wird. Und zuletzt hat ein Mann gesagt, er wird raufklettern. Er ist an den untersten Ast gesprungen und hat einen Aufschwung gemacht wie in der Schule. Und dann ist er geklettert, und alle haben gerufen, wo er hintreten muss. Weil er das Flugzeug nicht mehr gesehen hat wegen der Blätter. Zum Schluss hat er es aber gesehen und hat es angeschubst, und es ist runtergeschwebt. Alle haben geschrien, als ob es ein Fußballtor ist. Oli hat das Flugzeug gleich in die Tüte gesteckt und wollte nach Hause. Wir sind aber noch geblieben, weil alle so nett waren. Nachher hat Monika gesagt, es müsste jeden Tag einer ganz früh in den Park gehen und Flugzeuge in die Bäume schießen. Damit die Leute nachmittags was zu tun haben und nicht bloß so blöd herumlaufen. Und weil sie dann alle ganz glücklich sein werden, wenn sie es geschafft haben, und die Flugzeuge sind alle wieder unten.

Morgen wollen wir einen großen Beutel mit Murmeln in den Park mitnehmen. Und dann wollen wir die Leute fragen, ob sie mitmurmeln möchten! Wir wetten dann immer vorher, wer murmelt und wer bloß wichtig guckt und weitergeht. Wir wissen bloß noch nicht, wie wir das machen sollen, wenn jemand gewinnt. Und ob er die Murmeln dann behalten kann. Eigentlich ja nicht. Aber vielleicht verkaufen wir den Leuten die Murmeln auch vorher. Mal sehen!

So was Schönes hatte ich noch nie

Alles hat mit diesem blöden Pullover angefangen! Wo ich Tante Erika überhaupt nicht gebeten habe, dass sie mir einen stricken soll. Weil ich schon weiß, dass sie immer kratzige Wolle nimmt; und dann wickelt sie sich den Pullover um

den Hals und sagt hundertmal: »Weich wie ein Mäusefellchen!«, und ich soll auch mal probieren. Und natürlich kratzt er wie doll. Ich hab mich aber trotzdem bedankt und alles. Aber gestern in der Schule hab ich mit Monika getauscht. Monika kratzt nie irgendwas, und sie fand den Pullover klasse. Ich hab ihr langes kariertes Hemd gekriegt, das von ihrem Bruder Leo. So was Schönes hatte ich noch nie. Echt! Zu Hause hat Mama aber gleich losgeschimpft, wo ich das Schlabberhemd herhabe und sie findet es scheußlich. Und ich hab gesagt, sie soll es ja auch nicht anziehen. Das soll frech gewesen sein. Dabei ist es bloß die Wahrheit. Dann hat sie gesagt, ich muss immer fragen, wenn ich was tauschen will, und so geht das nicht. Aber dann will ich gar nichts mehr geschenkt haben, wenn es mir doch nicht richtig gehört. Meike hat sich auch eingemischt und gesagt, dass sie es jetzt immer schriftlich haben möchte, ob ihr was gehört. Und dann will sie damit auch machen, was sie will. Mama hat sich gleich aufgeregt und wollte wissen, ob sie das goldene Armband von der Konfirmation vielleicht für diese Klimper-

Ohrringe getauscht hat. Und ob wir überhaupt kein Gefühl haben für Werte! Und so ein Pullover aus Handarbeit ist gar nicht zu bezahlen. Da ist Meike wütend gewesen und hat gesagt, sie versteht schon und wir müssen aufpassen, dass wir immer was Wertvolleres eintauschen! Und da hat es geklingelt, und es war Onkel Fred. Onkel Fred kommt immer gerade richtig! Er hat zu Mama gesagt, dass er sie schon immer gewarnt hat; aber sie hat uns das Märchen von ›Hans im Glück‹ trotzdem dauernd vorgelesen. Mama fand das aber gar nicht komisch, und da hat Onkel Fred versprochen, dass er stricken lernt und mir dann einen Angora-Pullover macht, und der kratzt bestimmt nicht. Und ob Mama auch einen haben will. Mama wollte aber auf den Pullover nicht warten, bis sie siebzig ist. Dann ist auch noch Oma mit Oliver gekommen. Die waren spazieren. Oma hat mit den Armen gewedelt und gesagt, gegen diesen Bengel ist sie machtlos, und sie musste ihm einen

Panzer kaufen. Sie wollte noch weiterreden, aber Mama hat gleich geschrien, ob jetzt alle den Verstand verloren haben! Es war aber ganz anders. Weil am Sonntag so ein Stand am Rathaus ist, wo man sich ganz schöne Spielsachen aussuchen kann, wenn man Kriegsspielzeug abgibt zum Wegschmeißen. Das war schon mal, und Oli wollte sich auch was aussuchen, aber er konnte nicht, weil er keine Panzer und so was hat. Aber nun hat er. Onkel Fred ist total ausgeflippt vor Lachen und hat gesagt, den Oli muss man hinschicken, wo die Politiker reden über weniger Waffen. Und dann wollte er Mama seinen alten Regenmantel geben für einen Teller, der noch hundertmal älter ist. Weil er merkt, dass er auch tauschen möchte. Und Mama hat gesagt, sie merkt es genauso, und vielleicht kann sie diese ganze Familie gegen einen alten VW tauschen. Oma hat gemeint, das wird nicht klappen, aber sie bietet Meike ihr gehäkeltes Einkaufsnetz für ihren hellrosa Lippenstift.

Das hat Meike auch gemacht. Von dem Pullover hat keiner mehr was gesagt. Und das karierte Hemd ziehe ich morgen wieder an!

Es war echt wie im Fernsehen

Jetzt ist Sonntagnachmittag, und es ist total ruhig bei uns. Alle sind noch ganz fertig von heute früh, da hatten wir einen irren Superkrach hier! Das kam so: Mama und Papa sind übers Wochenende weggefahren, weil wir schon alt genug sind zum Alleinbleiben, Meike und ich. Und Oliver war bei Oma, aber die hat ihn Sonnabend plötzlich schon zurückgebracht, weil Opa Grippe gekriegt hat und dass Oli sich bloß nicht ansteckt. Da wär beinah alles geplatzt, weil wir Oma ganz schnell wieder rauskriegen mussten wegen Meikes Fete! Ich hab einfach gesagt, ich brauche noch frische Luft und ich begleite sie nach Hause. Es war echt die letzte Minute, denn auf der Straße kamen schon die ersten Leute an, und Oma hat geseufzt und gesagt, dass die jungen Menschen doch ein bisschen auf sich achten könnten, und so muss man wirklich nicht rumlaufen. Dabei waren die ganz normal. Und die Fete war echt spitze, bloß dass die Freunde noch lauter andere Typen mitgebracht hatten, und man konnte kaum treten. Und einer hat seine Coca über die neue Couch gegossen, und wir haben hundert Handtücher gebraucht, dass wir das bloß wegkriegen. Ging aber. Meikes Freunde haben Platten mitgebracht, und die Musik war riesig! Ich war die ganze Zeit dabei und Oli auch, bis er auf der Erde eingeschlafen ist. Nachher konnten aber ein paar Leute nicht weg, weil sie den Bus verpasst hatten, und die haben alle irgendwie irgendwo gepennt.

Und dann schloss es morgens an der Tür, und Mama und Papa waren da! Und es war echt wie im Fernsehen! Klar, dass wir noch nichts aufgeräumt hatten, und alles war voller Krümel und Flaschen und Aschenbecher, und dann die ganzen Leute eben. Manche haben gleich gecheckt, was los ist, und haben sich verdrückt, aber manche sind gar nicht aufgewacht. Mama hat immer nur »Nein, nein, nein!« gerufen, und Papa hat ausgesehen, als ob er keine Luft kriegt. Und Meike hat schnell gesagt, ob sie nicht noch mal 'ne Stunde weggehen können, weil dann wieder alles ordentlich ist, und da ist Papa geplatzt. Ob er sich aus seiner eigenen Wohnung schmeißen lassen soll, und sie sind extra schon nachts gefahren, damit wir Sonntag früh gemütlich zusammen frühstücken können! Und er hat mit den Händen gewedelt und »Raus, raus!« geschrien. Und Meike hat geschrien, das sind ihre Freunde und dann geht sie auch, und Mama hat bloß versucht, dass alles nicht so laut ist wegen der Nachbarn. Dann kam Meikes Freund ganz gekämmt aus dem Badezimmer und hat höflich gefragt, ob er nicht bleiben darf zum Aufräumen und dass doch nichts passiert ist und ob er Papa erst mal einen Kaffee machen soll. Papa hat sich wirklich beruhigt, und die andern sind ziemlich schnell gegangen, bloß ein Mädchen konnte ihren einen Schuh nicht finden, das hat länger gedauert.

Dann gab's bloß noch mal Geschrei, als Mama gesehen hat, dass die Couch ganz nass ist. Aber wir haben gesagt, dass die Coca raus ist, und gerade ist Oli wach geworden und kam reingewackelt und hat sich gefreut! Meike hat vorgeschlagen, dass Mama und Papa ins Schlafzimmer gehen, weil da alles ordentlich ist und niemand drin war. Und Papa hat so verkniffen gesagt, dass er wirklich unendlich dankbar ist, dass keine sieben Zwerge in seinem Bett liegen! Da hat Mama laut losgelacht und zu Papa gesagt, dass er immer alles verwechselt, und es war Schneewittchen, die im Bett gelegen hat. Dann haben wir uns beeilt mit

Aufräumen, und der Ulli von Meike hat unheimlich rangeklotzt. Als wir fertig waren, haben wir alle zusammen ganz lange gefrühstückt. Papa hat noch Kartoffelsalat gegessen von der Fete. Hat ihm geschmeckt, und Meike hat gesagt, dass alle was mitgebracht haben, und der Rest war ihr Taschengeld, und sie hat nichts vom Haushalt genommen. Und Papa hat gemurmelt, dass er nicht kleinlich ist, aber dass es so nicht geht. Aber es war kein Krach mehr.

Bloß das Fahrgeld hatten wir vergessen

In unserer Familie weiß man echt nicht, mit wem man Geschenke kaufen gehen soll. Papa kann man vergessen. Der fällt schon beinah in Ohnmacht, wenn er reinkommt in ein Kaufhaus und ihm bläst die heiße Luft von der Heizung ins Gesicht. Und dann rennt er bloß schnell an die Stelle, wo er was kaufen will. Ohne Gucken, ohne alles. Mit ihm hat das also keinen Zweck. Bei Mama kann man ruhig stehen bleiben und überlegen, aber sie bleibt selber auch überall stehen und überlegt, und es dauert ewig! Und dann kauft sie gleich am Anfang irgendeinen Kochtopf oder ein dickes Buch, weil es Sonderangebot ist. Und man muss die ganze Zeit alles schleppen. Oma will immer, dass ich mitkomme, damit ich aussuchen helfe, aber wir streiten uns bloß immer, was schön ist oder nicht. Sie redet

auch immer so viel mit den Verkäuferinnen und fragt, wie man den Pullover waschen muss und ob er eingeht, und dabei steht das alles irgendwo drauf. Aber Oma kann das ohne Brille nicht lesen und sie sagt, dafür ist eine Verkäuferin da, dass sie einen berät. Mir ist das irre peinlich. Wenn ich mit Meike gehe, dann rennt die immer gleich zu den Platten und setzt Kopfhörer auf, und dann ist sie weg vom Fenster.

Mit Monika geht es am besten; aber die

hat immer eine lange Liste, und immer reicht das Geld nicht. Und wir müssen die ganze Zeit rechnen, dass es beinahe wie Schule ist. Gestern haben wir aber so gut gerechnet, dass wir zum Schluss alles gekauft hatten. Bloß das Fahrgeld für nach Hause hatten wir vergessen! Und in den blöden Ein-Mann-Bussen kann man nicht mal so lange mitfahren, bis der Schaffner kommt, und man kann nicht bezahlen, und er schmeißt einen raus. Anhalter dürfen wir nicht machen.

Aber dann haben wir das doch gemacht, weil es so saukalt war. Monika hat gesagt, wir gucken erst, wie der Typ aussieht, und vielleicht ist es auch eine Frau. Aber es hat keine Frau gehalten, sondern ein Typ mit Bart. Der hat aber gar nicht die Tür aufgemacht, sondern nur das Fenster, und dann hat er angefangen zu quatschen. Dass man nicht in fremden Autos mitfährt, und besonders, wo es schon dunkel ist. Ob unsere Eltern uns das nicht gesagt haben! Und wir sollen mit dem Bus fahren. Monika hat ganz wütend geantwortet, dass leider keiner den Busfahrern gesagt hat, dass sie Kinder im Dunkeln auch ohne Geld mitnehmen. Und leider haben wir keins! Da hat der Mann gelacht und gesagt, wenn das so ist, ist ja alles klar. Und er hat uns das Fahrgeld einfach aus dem Fenster rausgereicht! Vor lauter Schreck haben wir gesagt, das geht nicht. Aber der Mann hat gesagt, das geht schon, bloß Mitfahren geht nicht. Und dann ist er weitergefahren. Das war echt stark und ein richtiges Erlebnis! Aber wir können das zu Hause gar nicht erzählen. Die verderben dann bloß alles mit lauter Gerede. Und wir machen sowieso nicht wieder Anhalter.

Gegen Vergessen kann man gar nichts machen

Jetzt schreib ich das aber mal auf! Was Mama und Papa alles vergessen! Da sagen sie nämlich bloß immer »Verdammt noch mal!«, oder was man nun bloß machen soll! Oder gar nichts. Wie neulich. Da hat Mama vergessen, dass sie Theater hatten, und sie hat rumgesessen und bloß Knöpfe angenäht oder so was Dummes. Und Papa ist Bier trinken gegangen. Als er wiederkam, hat Mama mit den Theaterkarten gewedelt und gesagt, jetzt spielen sie gerade den letzten Akt! Papa hat nur gegrinst und gesagt, dann wird ihm nichts übrig bleiben und er muss das Stück lesen. Kein Geschimpfe, nichts! Und am Sonntag sind wir zu Onkel Kurts Geburtstag gefahren. Das ist ganz weit. Und plötzlich hat das Auto geruckelt, und dann ist es stehen geblieben. Papa hat gestöhnt wegen dem kaputten Benzinanzeiger und dass er immer wieder darauf reinfällt. Aber er hat ja einen Kanister mit Reserve! Er ist aus dem Auto gesprungen, aber dann hat er sich wieder hingesetzt. Weil ihm eingefallen ist, dass der Kanister noch leer ist vom letzten Mal. Mama hat aber bloß gesagt, es ist ihr sehr recht, wenn Papa auch was vergisst, und sie hofft nur, dass die Nusstorte nicht alle ist, bis wir ankommen. Papa hat gesagt, er denkt, sie will abnehmen; und dann hat er Anhalter gemacht mit dem Kanister bis zur Tankstelle.

Papa hat dagestanden, als ob wir ihn ausgesetzt haben, und es sind ganz viele Autos vorbeigefahren. Und Meike hat gesagt, das ist die Strafe, weil Papa auch sooft vorbeifährt. Aber Mama hat gesagt, man ärgert einen Menschen nicht, der sich selber schon ärgert! Aber wenn wir uns ärgern, nutzt das überhaupt nichts! Heute hab ich meine Monatskarte vergessen, und ich musste noch mal zurück, und wir haben in der ersten Stunde Grammatik geschrieben. Da hab ich nur die Hälfte gemacht, und bestimmt kriege ich eine Fünf. Und ich hätte platzen können, weil ich extra geübt habe! Mama hat aber trotzdem rumgeschrien, dass sie nicht begreifen kann, wie so was passiert und wo ich meine Gedanken habe. Ich finde, man kann gegen Vergessen gar nichts machen, weil es ja nicht mit Absicht ist. Und man kann ja nicht nachgucken im Kopf, ob es auch noch drin ist. Meike hat gestern den Senf vergessen. Papa musste die Bratwurst ohne Senf essen, und es war überhaupt kein Genuss. Und er hat auch gesagt, was mit

Meikes Gedanken los ist. Meike hat aber gesagt, sie findet ein Auto ohne Benzin schlimmer als eine Wurst ohne Senf. Papa hat sich die Frechheit verbeten, weil er seine Vergesslichkeiten immer selber ausbadet. Und unsere Vergesslichkeiten muss immer jemand anders ausbaden. Stimmt gar nicht! Neulich hat er meine Ohrentropfen vergessen, und da musste ich die Schmerzen ausbaden! Und Omas Geburtstag hat er auch vergessen, und Oma war beleidigt, und es war gar nicht lustig wie sonst.

Das schreib ich jetzt alles auf! Jedes bisschen. Auch wenn Mama wieder ihren Ring sucht mit dem grünen Stein.

Die werden sich wundern, was nachher alles in dem Heft steht.

Wir haben es ausgehalten, weil es ein Experiment war

Monika und ich, wir haben echt was rausgefunden! Und wir haben überlegt, ob wir nicht ein Buch schreiben sollen oder irgend so einen Artikel. Aber das Blöde ist, dass wir das gleich machen müssen, weil, wenn wir erwachsen sind, finden wir das vielleicht gar nicht wichtig. Es wird natürlich sowieso nichts damit, aber ich schreib mal, was es war: Wir sind nämlich in den

Zoo gegangen. Und den Oli haben wir mitgenommen, weil er so gebettelt hat. Erst wollte ich nicht. Weil ich dachte, er ist lästig und will dauernd was erklärt haben. Aber Monika hat gesagt, Oliver ist eine Erholung, weil er bloß fragt und nicht alles besser weiß. Und sie tauscht ihn gern gegen ihre drei großen Brüder. Und dann sind wir los. Oli wollte gleich zu den Menschenaffen, und das haben wir auch gemacht, damit er nicht die ganze Zeit quengelt. Und wir haben uns da die Füße in den Bauch gestanden, und die Affen waren total faul und haben nur Äpfel gegessen und ganz lahm geschaukelt. Und wir haben zu Oli gesagt, dass wir weitermüssen. Aber Oli hat nicht gewollt. Und wir haben noch mal gewartet, und dann hab ich gesagt, dass es echt reicht, und es gibt noch so viele andere Tiere. Aber Oli hat immer noch nicht gewollt. Ich war wütend, dass der Oli doch wieder lästig ist. Ich hab dann gesagt, er soll gefälligst gehorchen, und Oli hat geschrieen, ich hab ihm gar nichts zu sagen! Da hat

Monika vorgeschlagen, dass Oli einfach im Affenhaus bleibt, und wir holen ihn wieder ab. Und er muss versprechen, dass er nicht weggeht.

Das hat er gemacht. Wir sind los und im ganzen Zoo rum und haben gequatscht und den Oli beinah vergessen. Dann sind wir wie die Irren zum Affenhaus gerast, weil wir dachten, der Oli hat schon Panik. Aber der war ganz happy und hat gesagt, der eine

Affe guckt ihn richtig an, und er macht Zeichensprache mit ihm. Und wir sind noch mal weggegangen, und Oli ist dageblieben. Und plötzlich hat Monika gesagt, dass die Erwachsenen ganz schön blöd sind! Und sie hat losgeredet von dem Baby von ihrer Cousine, und wie das eine Stunde geackert hat, um seine Söckchen auszukriegen. Und sein Gesicht war schon ganz rot angelaufen, aber es hat nichts anderes gewollt. Und endlich waren die Söckchen auch ab. Ich hab gesagt, ich verstehe kein Wort. Aber da hat Monika mich gefragt, ob ich noch nicht gemerkt habe, dass die Erwachsenen die Kinder immerzu stören! Und dauernd sollen die Kinder was anderes machen, weil die Erwachsenen auch dauernd was anderes machen! Und nachher sagen die Eltern, dass es schrecklich ist und dass die Kinder sich überhaupt kein bisschen konzentrieren können! Und wir haben überlegt, und es stimmt wirklich. Nachher hat Oliver auf dem Rückweg immerzu von den Affen geredet, und es hat ziemlich genervt. Aber wir haben es ausgehalten, weil es ein Experiment war. Zu Hause hat er gleich erzählt, dass er die ganze Zeit bei den Affen war, und Mama hat gesagt, dann hat er sein Eintrittsgeld nicht ausgenutzt. Ich hatte aber keine Lust, ihr zu erklären, was ich mit Monika herausgefunden habe. Ich sage ihr das ein andermal. Nämlich wenn sie mich wieder dauernd aufscheucht wegen irgendeinem Quatsch. Wenn ich Bilder sortiere oder so was. Vielleicht schreiben Monika und ich doch noch einen Artikel. Und vielleicht finden wir auch noch mehr raus und werden ganz berühmt.

Das kommt überhaupt nicht infrage

Erst hatte ich ja eine Stinkwut! Weil ich wegen dem Oli sowieso schon keinen Dackel gekriegt habe, weil das nicht ging, Dackel und Baby. Und jetzt bringt Oliver auch noch eine Katze angeschleppt! Weil sie an der Ecke gesessen und geweint hat. Und dann ist sie hinter ihm hergelaufen, und er konnte die Haustür nicht so schnell zumachen, weil der Schwanz sonst ab ge-

wesen wäre. Aber Mama und Papa haben alle beide gleich gesagt, das kommt überhaupt nicht infrage. Und ich hab auch gesagt, das kommt nicht infrage, weil ich erst mal dran bin mit meinem Dackel. Und Dackel und Katze, das geht dann wieder nicht. Mama hat gesagt, die Katze bleibt sowieso nicht, aber sie hat ganz steif dagestanden, weil die Katze immer um ihre Beine geschlichen ist. Meike hat sie dann in die Küche gelockt, und da hat sie eine ganze Bulette aufgegessen, und Papa hat gesagt, es geht schon los, dass sie ihm die Haare vom Kopf frisst; und Mama hat gesagt, dafür lässt sie dann ihre Katzenhaare auf den Möbeln liegen, und das gleicht sich wieder aus. Dann hat Papa ganz lieb zum Oli gesagt, dass die Katze immer größer und größer wird und dann gar nicht mehr niedlich ist. Aber Meike hat ihm erklärt, die Katze wächst nicht mehr, weil es jetzt gar keine jungen Katzen gibt, weil das bei denen nicht so ist wie bei den Menschen, dass die immerzu Kinder kriegen; und sie hat gedacht, das weiß Papa. Papa hat geschrien, er weiß genug, und er weiß zum Beispiel, dass diese Katze hundert Junge kriegen wird, und er ist kein Katzenheim! Da hat Meike gegrinst und gesagt, das ist ein Kater, und sie kann ihm zeigen, wie man das erkennt. Und Mama musste auch grinsen, und Papa ist echt ausgeflippt und hat gesagt, irgendwem muss das Vieh ja gehören, und wir sollen es raussetzen, und mit der Bulette im Bauch wird es schon nach Hause finden. Oli hat losgeheult und gesagt, Papa ist ein Tierquäler, und er geht dann mit der Katze gleich mit! Mama hat vorgeschlagen, dass wir überall Zettel anmachen, damit die Besitzer die Katze abholen, aber Oli hat weitergeheult, dass sie auch gleich einen Zettel schreiben können, dass ein kleiner Junge gesucht wird, weil er das ist! Papa hat dann gesagt, am besten, er geht auch weg, weil in dieser Familie immer irgendein Theater ist, und Meike hat gefragt, wie viele Zettel sie nun schreiben soll und für wen alles, und sie muss das genau wissen, damit die Arbeit nicht umsonst ist. Da hat sich Papa wütend in einen Sessel geschmissen, und die Katze, plopp, gleich auf seinen Schoß und hat ein Knäuel aus sich gemacht und die Augen zu. Papa hat geknurrt, dass er noch nie ein Tier gesehen hat mit so wenig Instinkt; aber er hat sie nicht runtergescheucht. Oli hat sie gestreichelt und gesagt, sie sieht wie ein Tiger aus, aber Papa fand, dass es eine ganz gemeine Hauskatze ist. Da hat sie ihn angeguckt und geschnurrt, und Mama hat geseufzt, weil sie sich das schon so gedacht hat.

Vielleicht kann man die Katze gegen einen Dackel eintauschen, wenn sie erst mal alle Möbel zerkratzt hat. Vielleicht finden die Besitzer sie auch von ganz allein wieder, wenn sie auf der Straße ist. Auch wenn wir keine Zettel anmachen.

Papa hat sich die Ratschläge verbeten

Heute hat Papa uns alle drei ganz wichtig ins Wohnzimmer gerufen, weil er was besprechen muss. Meike war beim Haarwaschen und hat getropft, aber sie musste ein Handtuch ummachen und auch gleich kommen. Und Mama hat schon dagesessen und hat gehofft, wir sind vernünftige Kinder. Ich hab richtig Herzklopfen gekriegt, weil ich dachte, jetzt ist es wie im Fernsehen, und sie sagen uns, dass sie sich

scheiden lassen, oder dass ich ein Pflegekind bin oder so was! Dabei war gar nichts weiter. Bloß, dass Papa nachts schnarcht und immer das Fenster aufhaben will. Und dass Mama dann aufwacht vom Schnarchen und Frieren und das Licht anmacht und das Fenster zu und liest. Dann wacht Papa auf von dem Licht, und weil er keine frische Luft hat. Und morgens sind beide ganz geschafft vom Nichtschlafen. Ich hab vorgeschlagen, dass Papa irgendwie seine Nase zuklemmt. Dann schnarcht er nicht und merkt auch nicht, ob frische Luft reinkommt oder nicht. Aber Papa hat sich die Ratschläge verbeten, weil er das Problem schon selbst gelöst hat, und er braucht nur das kleine Zimmer vom Oliver! Und wir sollten nun überlegen, wie man drei Kinder in zwei Zimmern verteilen kann. Meike und ich haben sofort gesagt, dass wir unmöglich in ein Zimmer können, weil wir uns dann jeden Tag zanken. Und so bloß manchmal. Dann sollte Meike den Oli nehmen, weil ihr Zimmer größer ist als meins. Aber sie hat wie eine Wilde den Kopf geschüttelt, dass das Handtuch abgeflogen ist und Papa lauter Spritzer abgekriegt hat. Und er war ganz sauer, weil er lauter Egoisten großgezogen hat. Ich kann Oli nämlich auch nicht in meinem Zimmer haben, weil ich ihn dann nie rausschmeißen kann, wenn ich Besuch habe. Weil es dann ja auch sein Zimmer ist. Ich fand, er kann zu Mama ins Schlafzimmer ziehen, weil er nicht schnarcht und kein Fenster aufmacht, höchstens mal aus dem Bett fällt, und da hat sie einen guten Tausch gemacht. Das hat ihnen aber auch nicht gefallen, und dann hat Oli angefangen zu heulen, weil ihn keiner haben will! Das hat uns so leidgetan und wir sind alle auf ihn losgestürzt und haben ihn umarmt und abgeküsst, und dann sind wir alle übereinander auf den Teppich gefallen. Und plötzlich stand Onkel Fred im Zimmer und hat gefragt, ob wir eine Leiche vor ihm verstecken wollen oder was wir da treiben!

Mama hat alles erklärt, und Onkel Fred hat Oli auf den Arm genommen und ihn gefragt, ob er nicht am liebsten in einer Höhle schlafen will, mit einem Lufthaus obendrauf. Oli wollte das gleich und hat nur noch einmal geschluckt. Wir haben erst gedacht, Onkel Fred macht nur Quatsch; aber wir müssen bloß den ganzen Kram aus der kleinen Kammer schmeißen, und dann baut er was ganz Tolles! Mit einem Oberteil auf Baumstämmen zum Spielen und mit einer Höhle drunter zum Schlafen. Es kommt auch eine Waldtapete rein und eine Palme. Und zum Rumtoben nimmt der Oli sowieso die ganze Wohnung. Mama hat gleich einen Kognak geholt, weil nun alles klar ist, und Oli hat gestrahlt, weil er mit der Palme spielen kann, dass die Katze ein Tiger ist. Aber Papa hat gesagt, die Katze ist ein Extra-Problem und wird nicht durcheinandergebracht.

Und es wird sie schon noch jemand abholen. Und ganz zum Schluss hat er allen ein Geheimnis verraten: Mama schnarcht auch!

Spaß und Lesen sind nur für tagsüber

Beinahe hätte ich heute mein ganzes Zimmer umgeräumt! Der Schrank sollte in die Mitte und das Bett dahinter und alles andere irgendwie drumrum. Damit keiner mehr sehen kann, ob ich noch Licht anhabe im Bett oder nicht! Es macht mich echt rasend, wenn Mama oder Papa dauernd noch mal die Tür aufreißen, weil sie Licht durch die Ritzen sehen. Manchmal schreien sie auch nur von draußen: »Licht aus!« Und dann knipse ich auch aus, damit Ruhe

ist. Aber ich muss ewig warten, bis ich wieder anknipsen kann, weil ich schon weiß, dass sie noch lauern; und dann wird es noch viel später, bis ich zu Ende gelesen habe. Aber die begreifen das einfach nicht! Dabei schlafe ich sowieso ein, wenn ich müde bin, und das Lichtausknipsen vergesse ich meistens nie. Frau Martin hat uns auch gesagt, am besten lernen wir Rechtschreibung, wenn wir viel, viel lesen! Weil man dann im Kopf sieht, wie ein Wort geschrieben wird, auch wenn es sich ganz anders anhört. Sie kommt immer mit uns in die Schulbücherei, weil sie uns alle ihre Lieblingsbücher zeigen muss. Und wir sollen immer schnell auslesen, damit die andern auch rankommen. Frau Martin sagt, das ist das Besondere beim Lesen, dass Spaß und Lernen gleichzeitig sind! Mama hat gesagt, das weiß sie auch, aber Spaß und Lernen sind nur für tagsüber. Das stimmt überhaupt nicht! Wenn mich nachmittags jemand sucht und ich lese gerade, dann heißt es immer, es ist gut, dass ich nichts zu tun habe! Und dann kann ich schnell einkaufen gehen oder den Müll wegbringen oder sonst was.

Überhaupt möchte ich mal wissen, wie lange Mama und Papa im Bett lesen. Vielleicht stell ich mal den Wecker auf zwölf Uhr und gucke nach, ob ich sie erwische! Dann werde ich auch sagen, dass bei ihnen gar kein Lernen dabei ist, weil sie die Rechtschreibung schon können. Mal sehen, was sie sich dann für Ausreden ausdenken. Vielleicht sagt Papa, dass er nur gelesen hat, damit er wieder einschlafen kann, weil die Katze ihn geweckt hat! Gestern hat er nämlich behauptet, die Katze hat ihn überfallen, wie er nachts mal draußen war. Als er wieder ins Bett wollte, war sie schon drin und hat ganz glücklich getan, und dann hat sie sich die ganze Nacht breitgemacht und die meiste Decke gehabt. Und er konnte sie nicht rausschmeißen, sagt er, weil sie uns alle wachmiaut hätte! Und er wird sofort neue Zettel anmachen, weil die alten vom Regen verwischt sind. Aber gestern hab ich ganz genau gehört, wie einer angerufen hat wegen der Katze. Es war nicht der Besitzer, aber er wollte sie trotzdem haben. Papa war aber ganz mufflig, und nachher hat er zu Mama gesagt, der Typ hat sich angehört, als ob er gerne Katzen-Kotelett isst, und man hat ja nun mal die Verantwortung. Vorhin hat Monika angerufen, und sie sagt, ich brauche nicht das Zimmer umzuräumen. Ich muss bloß solche Schaumstreifen kaufen und die Türritzen zukleben. Und ich soll einfach sagen, es ist wegen Energiesparen und weil es zieht! Dann hat sie noch gesagt, dass ihr Vater niemals »Licht aus!« schreit. Er nimmt ihr einfach das Buch weg. Und da soll ich noch froh sein.

Mit leeren Händen, aber vollen Herzen oder so

Heute Nachmittag ist mir plötzlich was Schreckliches eingefallen! Nämlich dass Mama am Sonnabend Geburtstag hat, und wir haben es total vergessen und kein Geschenk und gar nichts! Aber es hat auch keiner einen Pieps von Geburtstag gesagt, und sonst reden sie immer schon ewig vorher, wie man bloß alles machen kann! Weil es so kompliziert ist. Tante Helma kommt immer von allein und bringt eine blöde Sammeltasse mit. Und sie will dann jedes Mal alle anderen Tassen sehen, die sie schon hundert Jahre lang schenkt, und Mama muss vorher stundenlang suchen, wo sie sie bloß verkramt hat. Dann ist noch das Theater mit Onkel Fred und Onkel Heinz, weil die verkracht sind bis ins Grab, und sie dürfen sich nicht treffen. Onkel Fred ruft immer vorher an, ob der Heinz schon weg ist. Aber letztes Jahr war Oli am Telefon und hat gesagt, ja, er ist weg, dabei war er bloß im Klo. Onkel Fred war aber gleich losgefahren, und wir konnten Onkel Heinz nicht so schnell loswerden. Da musste Oma einen kleinen Herzanfall kriegen, damit Onkel Heinz sie nach Hause bringt und auch gleich weg ist. Das wäre beinahe schiefgegangen, weil Onkel Heinz die Oma ins Krankenhaus schaffen wollte. Oma musste schnell wieder ein bisschen gesünder werden und sagen, dass sie nur ihre Tabletten braucht und Ruhe, Ruhe, Ruhe! Dann hat es grade noch so hinge-

hauen. Oma musste aber eine teure Taxe nehmen zum Zurückkommen.

Jedenfalls hat dieses Jahr keiner vorher rumgestöhnt, und wir waren jetzt aufgeschmissen. Meike hat dann gesagt, das Einzige ist, sie macht ein Gedicht und Oli sagt es auf. Sie hat gleich angefangen. Mit hinten gereimt und allem. Es ging so los, dass wir dastehen mit leeren Händen, aber vollen Herzen oder so. Aber Oli ist weggerannt und wollte es nicht lernen, und Meike hat ihn beinah verhauen, weil es doch unsere Rettung sein sollte.

Auf einmal ist Mama zu uns reingekommen, und jetzt hat sie endlich angefangen, von dem Geburtstag zu reden und zu seufzen! Und sie hat uns angeguckt und hat einen ganz, ganz großen Geburtstagswunsch gehabt! Oli hat losgekreischt, dass er kein Gedicht aufsagen will, und Meike hat ihn heimlich getreten und gesagt, dass gar kein Gedicht da ist. Aber es kam sowieso ganz anders. Mama hat nämlich gesagt, es tut ihr so leid, aber sie will überhaupt keinen Geburtstag haben, sondern mit Papa drei Tage verreisen! Weil sie echt keine Lust hat auf Tanten und Onkel und Kartoffelsalat. Und sie wünscht sich bloß, dass wir uns drei Tage vertragen und keinen Mist machen! Und ob das geht und ob wir nicht zu traurig sind. Natürlich haben wir gesagt, dass wir ihr das gönnen mit der Reise und dass wir uns toll vertragen werden. Meike war noch ganz unverschämt und hat gesagt, dass wir die Geschenke dann in Gottes Namen für Weihnachten aufheben müssen.

Mama war total glücklich und dankbar.

Für absolut nichts!!

Sonst ist es immer umgekehrt.

Es ist erschütternd, wenn man sieht, wie Kinder einfach nicht gehorchen

Gestern musste Papa zum Zahnarzt. Mama hat mich mitgeschickt, weil er schon die ganzen Tage so komisch war und immer nur geredet hat, ob ihn die Spritzen nicht umschmeißen, weil es eine Schlächterei werden wird. Im Wartezimmer hat er bloß immer auf ein Plakat gestarrt, wo draufstand, dass man zweimal im Jahr zum Zahnarzt gehen muss. Aber Papa hat seine Zahnlöcher drei Jahre lang vor sich hergeschoben, sagt Mama. Es war ziemlich stinklangweilig, weil nur lauter blöde Zeitschriften rumlagen, aber endlich habe ich einen Kurzkrimi entdeckt. Als sie Papa dann aufgerufen haben, hab ich gefragt, ob ich mit reinkommen soll, aber er hat nicht gewollt, dass ich das mitmache. Da hab ich weitergelesen, und es war toll spannend. Aber Papa war schneller fertig als der Krimi, und er war ganz happy, und es hat ihm nichts wehgetan, weil noch alles voller Spritze war. Ich hab dann gesagt, dass ich schnell zu Ende lesen muss, aber Papa hat gefunden, dass man nicht mehr rumsitzen kann, wenn man fertig ist. Es war aber nur noch eine halbe Seite. Papa hat noch vorgeschlagen, dass wir uns selber einen Schluss ausdenken, aber ich wollte den richtigen lesen. Da hat er gewartet; aber plötzlich hat so eine Frau zu ihrem Mann gesagt, dass es erschütternd ist, wenn man sieht, wie Kinder einfach nicht gehorchen! Und sie hat es extra laut gesagt. Papa hat einen ganz roten Kopf gekriegt, und ich dachte, jetzt schnauzt er die Frau an. Aber er hat mich angeschnauzt!!! Und ich soll sofort aufstehen und mitkommen. Aber jetzt war es nur noch eine Viertelseite. Ich bin ganz langsam aufgestanden und hab im Stehen weitergelesen, und die Frau hat so komisch gelacht. Da hat Papa mir die Zeitschrift aus der Hand gerissen und auf den Tisch geknallt und hat mich rausgezerrt, und ich dachte, ich platze vor Wut! Draußen hab ich geschrien, dass er bloß wegen dieser blöden Ziege so zu mir ist, und was ihn die eigentlich angeht! Und ich bin nicht ins Auto gestiegen, weil ich auch mit dem Bus fahren kann. Und erst musste ich sowieso noch mal zurück zum Zuendelesen.

Die Zeitschrift lag Gott sei Dank noch da, aber die Frau war drin beim Zahnarzt, und ich hab sie kreischen hören. Es war ein ganz irrer Krimischluss, da wären wir nie im Leben draufgekommen! Als ich wieder runterkam, war das Auto noch da. Ich bin bloß eingestiegen, damit Papa sich nicht aufregt mit seinen Zähnen. Zu Hause hat er sich gleich aufs Sofa gelegt, und dann wollte er die Katze haben, damit sie sich mal nützlich macht. Weil Katzen ein altes Hausmittel sind und weil es gleich losgehen wird mit seinen Zahnschmerzen. Aber die Katze war auf dem Balkon und ist nicht gekommen. Da hat Papa gegrinst und gesagt, er merkt schon, dass ich die Katze gegen ihn aufhetze. Aber ich hab nicht gelacht. Weil es zu gemein gewesen war von ihm. Und ausgerechnet er! Wo er immer im Auto hocken bleibt, wenn er gerade Fußball im Radio hat, weil er denkt, er verpasst ein Tor, bis er die Treppe hoch ist!

Eigentlich muss er sich entschuldigen. Außer, das kam alles von der Zahnspritze. Vielleicht ist das wie besoffen.

Außer Makkaroni können wir eigentlich nichts kochen

Mama ist nie krank. Aber jetzt doch. Sie liegt im Bett und schnattert wie eine Ente, weil ihr heiß und kalt ist. Abwechselnd natürlich. Und dann muss sie lachen, weil sie es selber so albern findet. Sie hat gesagt, wir sollen sie einfach in Ruhe auszittern lassen, aber Papa kommt immerzu angelaufen mit Wadenwickeln und Halswickeln und sitzt traurig auf der Bettkante. Dann kam er sogar mit einem riesigen nassen Laken an, aber da hat Mama gesagt, das kommt gar nicht infrage, dass sie sich von ihm total einwickeln lässt, und er soll sich keine Hoffnung machen! Papa hat gleich nicht mehr so traurig ausgesehen, weil er denkt, wer so redet, kann nicht schlimm krank sein. Aber den Dr. Hoffmann hat er doch geholt, und der hat gesagt, drei Tage im Bett sind das Mindeste, aber eine Woche wäre besser. Papa hat rumgejammert, dass er keinen Urlaub machen kann, und dann hat er Kamillentee gekocht. Mama wollte nicht trinken, weil ihr von Kamillentee schon schlecht wird, wenn sie gesund ist. Papa hat aber mit der Tasse so lange am Bett gestanden, bis der Oli angerannt gekommen ist. Und da war der ganze Tee im Bett. Aber Mama hat bloß gesagt, im Bett ist er ihr lieber als im Bauch, und jetzt sollen um Himmels willen alle rausgehen und sie schlafen lassen. Meike und ich haben uns gleich zusammengesetzt und haben einen Plan gemacht. Wer einkauft und abwäscht und was wir kochen können. Außer Makkaroni können wir eigentlich nichts kochen, aber wir können jeden Tag was anderes auftauen dazu. Es ist dann eine ganz dufte Speisekarte geworden. Mit Vanilleeis und Himbeeren und so was hinterher. Wir haben auch »Betten machen«, »Oli baden« und »Mama vorlesen« auf dem Plan gehabt, und Meike hat von ganz allein ihr Tennis abgesagt. Als wir fertig waren, kommt Papa rein und sagt, er hat Tante Ilse angerufen und sie ist so rüh-

rend und kommt gleich und bleibt da. Wir haben gedacht, wir spinnen! Meike hat Papa mit dem Plan vor der Nase rumgewedelt und hat gekreischt, dass er doch immer predigt, wir sollen selbstständig sein, und wenn Tante Ilse kommt, zieht sie aus!

Ich hab gedacht, es ist schlauer, wenn ich sage, dass Mama Tante Ilse auch nicht leiden kann, weil sie immer so tüchtig tut. Aber Papa hat nur geschrien, dass wir leise sein sollen, weil Mama schläft! Da hat Mama aber schon gerufen, was das für ein

Krach ist. Wir sind hingegangen, und sie war plötzlich ganz dick unter der Decke. Papa ist gleich blass geworden, weil er gedacht hat, Mama ist plötzlich voll Luft oder Wasser! Aber es war nur die Katze. Sie hat auf Mamas Bauch gelegen und geschnurrt wie verrückt, und Mama hat gesagt, es ist ihr schon gar nicht mehr heiß und kalt, sondern lauwarm. Meike hat ihr unseren Plan gegeben, und Papa hat erzählt, dass Tante Ilse kommen will. Mama hat ganz

lange gelesen und dann hat sie gesagt, wenn wir noch die Schularbeiten draufschreiben, ist es ein fabelhafter Plan, und Tante Ilse braucht nicht zu kommen. Und sie ist ja bloß krank und nicht tot und kann antworten, wenn wir was nicht wissen. Papa hat gar nichts gesagt, aber er hat Tante Ilse wieder abtelefoniert. Sie war auch nicht sehr beleidigt, weil sie uns sowieso nicht erziehen kann in einer Woche. Jetzt muss ich aufhören, weil Oli drängelt, dass ich Grießbrei koche. Er macht dann immer mit dem Himbeersaft eine Schnecke drauf.

Da gibt es nichts zu erklären

Es ist was ganz Schreckliches passiert, und ich kann es beinah nicht schreiben. Mit Monika ist es aus!!

Und ich will nie mehr eine Freundin haben!!!

Das war so: Wir haben heute Mathe geschrieben mit diesen blöden Brüchen. Die mach ich immer falsch. Aber Monika hat gesagt, sie kriegt einen Zettel von Elke und den gibt sie mir dann auch rüber. Elke macht immer alles richtig. Frau Schröder hat aber bei der Arbeit aufgepasst wie sonst was, und es hat ewig gedauert, bis der Zettel da war. Ich hab's aber noch geschafft mit dem Abschreiben. Als die Arbeiten eingesammelt waren, hat Frau Schröder gleich die Aufgaben an die Tafel geschrieben zum Besprechen. Und ich hab gemerkt, dass ich alles falsch hatte! Und Monika hatte alles richtig! Und es war gar nicht der Zettel von Elke gewesen, sondern Monikas Schmierzettel, wo lauter Schwachsinn draufstand! Monika hat ganz verwundert getan und hat blöd auf den Zettel geglotzt. Dabei hat sie es mit Absicht gemacht! Ich hab ihr gesagt, dass es aus ist mit uns, und dann hab ich mich nach Haus schicken lassen. Weil mir so schlecht war.

Mir ist immer noch schlecht.

Jetzt ist es später. Monika hat schon dreimal angerufen, aber ich bin nicht rangegangen. Mama hat gefragt, was los ist, und ich hab es erzählt. Ich dachte, sie meckert erst mal rum wegen dem Abschreiben, hat sie aber nicht gemacht diesmal.

Sie wollte bloß wissen, wie Monika das erklärt hat mit dem falschen Zettel, und ich hab gesagt, da gibt es nichts zu erklären. Da hat Mama losgelacht wie eine Verrückte, und ich wusste schon warum. Weil ich mich nämlich immer so aufrege, wenn im Fernsehen einer was erklären will, und der andere sagt dann, es gibt nichts zu erklären. Aber mit Monika ist das was anderes!

Jetzt ist es noch viel später, und es geht immer noch weiter!

Monika hat wieder angerufen, und Meike ist einfach mit dem Telefon gekommen und hat mir den Hörer ans Ohr gehalten. Ich hab aber gleich reingeschrien, dass sie sich gar nicht zu entschuldigen braucht, weil es nichts nützt! Monika hat zurückgeschrien, dass sie sich überhaupt nicht entschuldigen will, weil sie keine Freundin braucht, die Gemeinheiten von ihr denkt! Und dann hat sie aufgelegt. Ich hab losgeheult vor Wut, und Mama hat gesagt, wir spielen ja ein richtiges Theaterstück, und sie muss überlegen, wie das in den Stücken immer weitergeht. Und sie glaubt, es muss eine dritte Person kommen.

Meike wollte schon diese dritte Person sein, aber da hat es geklingelt, und es war Monikas Bruder. Er hat aber nur einen Brief abgegeben. Da stand drin, ich muss mich entschuldigen, weil ich gedacht habe, der falsche Zettel war mit Absicht. Und sonst ist es aus für immer und ewig. Ich hab den Brief aber zerrissen. Dann ist Meike gekommen und hat gesagt, ich soll mich beeilen, weil sie weggeht, und dann schmeißt sie meine Antwort gleich bei Monika durch. Und sie hat einfach dagestanden und gewartet. Da hab ich auf einen Zettel geschmiert: »Du hast mir alles versaut, und es war total blöd von dir. Auch wenn es nicht mit Absicht war, tut mir leid!!« Ich dachte, Meike will so einen Zettel nicht abgeben, aber sie hat ihn gleich mitgenommen und ist weggerannt.

Ich gehe morgen einfach nicht in die Schule. Vielleicht denkt Monika, ich bin todkrank und sie muss mich noch mal besuchen …

Echt eine gute Tat

Heute hatten wir Wandertag. Erst war es ziemlich öde. Wir sind immer bloß auf den Wegen gelatscht, wo alle Leute laufen, und wenn einer mal in den Wald reingerannt ist, hat Frau Weber gleich wie wild auf ihrer Trillerpfeife gepfiffen. Außerdem war es irre heiß, und wir wollten gar nicht so weit. Frau Weber hat aber gesagt, dass sie einen wunderschönen Platz kennt für Picknick und Völkerball, und es wird uns nicht leidtun. Es hat uns aber doch leidgetan, weil auf dem wunderschönen Platz schon hundert alte Leute rumgehüpft sind und Federball gespielt haben! Da musste Frau Weber auch erst überlegen, und sie hat direkt vergessen, auf ihrer Pfeife zu trillern, als wir alle losgerannt sind, um einen andern Platz zu finden. Irgendwo haben wir uns dann hingesetzt. Aber jetzt haben die meisten gemerkt, dass sie nicht genug zum Trinken mithatten. Bloß Bernd hatte eine ganze

Kühltasche voll Limonadendosen. Vorher hatten ihn alle wegen seiner komischen geblümten Tasche geärgert. Bernd ist ziemlich neu, und er wird sowieso ganz schön viel geärgert. Weil er fast nicht redet und immer bloß aufpasst, was die Lehrer sagen. Und jetzt wollte er nichts von seiner Limonade abgeben. Stefan musste aber unbedingt was zu trinken haben, weil sein Kakao sauer geworden war und ganz eklig gerochen hat! Und Bernd sollte auch mal riechen. Bernd hat aber seine ganze Nase in die Kakaotüte gesteckt, und dann hat er gesagt, er riecht nichts und man kann das sehr gut trinken. Da ist Stefan total ausgeflippt und hat geschrien, Bernd soll den Dreck selber austrinken und er gibt ihm noch fünf Euro dazu! Stefan hat immer ziemlich viel Geld mit. Er hat die fünf Euro auf die Erde gelegt, und Bernd hat sich sofort die Tüte gegrabscht und hat losgetrunken. Er hat geschluckt, und geschluckt, und Stefan hat schon wieder eine Wut gekriegt, dass er gleich sein Geld los ist! Aber dann hat

Bernd plötzlich aufgehört und hat vor sich hin gestiert und die Tüte geschüttelt, und es war immer noch was drin! Dann hat er Stefan angeguckt und hat auch einen Einfall gehabt: Er hat gesagt, wenn Stefan den Rest selber austrinkt, braucht er ihm die fünf Euro nicht zu geben. Stefan hat sein Geld gleich wieder eingesteckt und hat ganz schnell alles hinuntergetrunken. Aber den letzten Schluck musste er wieder ausspucken, weil er ihm hochgekommen ist. Bernd hat aber nichts gesagt, und er hat ausgesehen, als ob er auch gleich spucken muss. Und dann hat Monika ganz laut gefragt, warum sie diesen stinkigen Kakao eigent-

lich getrunken haben?! Da haben wir erst gemerkt, wie beknackt das alles war, und wir haben uns rumgewälzt vor Lachen.

Aber Frau Weber hat wieder losgetrillert und hat gesagt, wir sollen aufhören mit Lachen und lieber nachdenken! Weil so was dauernd passiert, dass jemand einen andern ärgern will, und zum Schluss geht es allen schlecht, und keiner hat was davon gehabt! Und wenn wir dabei was gelernt haben, dann war das echt eine gute Tat von Bernd und Stefan. Und dann hat sie den beiden Pfefferminz gegeben, damit der schlechte Geschmack weggeht. Bernd hat dann doch seine Limonadendosen abgegeben, und wir haben getrunken und gequatscht. Und Völkerball können wir sowieso auf dem Schulhof spielen, das ist nichts Besonderes.

Wer war das schon wieder?

Heute war wieder mal was los! Ich hab ganz gemütlich gelesen; und dann hab ich gehört, wie der Oli durch die Wohnung gerast ist. Dann hat die Katze geschrien, dann hat es einen Knall gegeben, und dann hat Oli laut losgeheult. Meike und ich sind gleich zu ihm gestürzt, weil wir dachten, es ist irgendwas Grässliches mit ihm passiert. Gott sei Dank war aber nur dem bemalten Teller was passiert, der immer auf dem Nähtischchen steht. Das war der Knall. Runtergeschmissen hat ihn die Katze, weil Oli auf sie draufgetreten ist bei seinem Gerenne und weil sie vor Schreck wie eine Rakete abgesaust ist über den Nähtisch auf den Balkon. Und geheult hat Oli, weil er dachte, nun wird Papa die Katze ganz bestimmt rausschmeißen! Wir haben uns erst mal den Teller angesehen, und er war nur in drei Teilen, und wir haben gleich angefangen, ihn zu kleben. Aber da hat es schon an der Tür geschlossen, und Papa kam. Er hat uns gesehen und gleich gefragt: »Wer war das schon wieder?« Ich hab mich dann erst mal erkundigt, ob er den Teller schön fand und ob er wertvoll ist. Papa

hat gemeint, darauf kommt es nicht an und der Teller gehört sowieso Mama. Er wollte aber trotzdem wissen, wie es passiert ist, aber wir haben immer nur geantwortet, dass wir den Teller kleben oder einen neuen kaufen. Dann ist er erst mal in die Küche gegangen, und wir haben weitergemacht. Zwei Teile hatten wir schon zusammen, da kam Mama. Sie hat als Erstes auch sofort gefragt: »Wer war das?!« Aber Meike hat gleich zurückgefragt, warum sie das wissen will, davon wird der Teller auch nicht ganz. Mama wollte es aber trotzdem wissen, genau wie Papa. Ich hab gefragt, ob sie denn unbedingt jemanden bestrafen will, oder was. Und sie sieht doch, dass wir den Schaden schon wiedergutmachen! Ich hab schon gemerkt, dass Mama das frech fand, aber irgendwie fiel ihr nichts Richtiges ein, und sie hat bloß noch gesagt, dass uns Papa was erzählen wird, weil das ein Teller von seiner Tante ist und weil der ihm gehört. Das fanden wir nun echt komisch, dass jeder den Teller auf den andern schiebt!

Dann kam Onkel Fred, und wir hatten immer noch nicht fertig geklebt. Aber er hat nicht gefragt, wer das war! Er hat gefragt, ob wir denn den hässlichen Teller wirklich wieder zusammenkleistern wollen, wo er doch nun schon mal kaputt ist! Mama hat sich aber solche Sprüche verbeten und hat auch gleich erzählt, dass wir nicht sagen, wer es war. Da hat Onkel Fred geseufzt und gesagt, er muss uns wohl die Wahrheit sagen, und er ist der Täter. Weil er nämlich alle Dinge zerspringen lassen kann, wenn er sich ganz doll konzentriert und nur diese eine Sache in seinem Gehirn ist! Er muss natürlich viel üben, aber dazu nimmt er immer nur hässliche Sachen. Mama hat ihn angeguckt, als ob alles keinen Sinn mehr mit ihm hat; und dann wollte sie kontrollieren, wie wir geklebt haben und ob man es sieht. Aber es war noch zu früh, und die eine Tellerhälfte ist wieder abgefallen. Diesmal waren es mindestens zwanzig Teile! Mama hat dann bloß noch gesagt, sie geht Kaffee kochen, und wenn sie wiederkommt, will sie nicht den kleinsten Scherbenkrümel irgendwo finden. Wir haben dann alle gefegt, als ob wir eine Prüfung machen müssen. Die Katze ist aber die ganze Zeit auf dem Balkon geblieben und hat bloß durch die Scheiben geguckt.

Ich hab erst die Augen wieder zugemacht, weil ich vielleicht träume

Es ist so viel passiert, ich weiß echt nicht, wo ich anfangen soll! Erst war alles so schrecklich, und plötzlich ist es genau das Gegenteil! Mein Bein tut auch gar nicht mehr weh und morgen darf ich schon Humpeln probieren. Also, das war so: Das Schreckliche fing an, als Meike, Oli und ich nach Haus kamen, und Mama und Papa waren so komisch und ganz anders. Sie haben ganz sanfte Stimmen gemacht und sich immerzu angesehen und geseufzt. Und dann hat Papa gesagt, wir müssen sehr vernünftig sein. Er hat erzählt, dass eine alte Frau da war, und sie hat geweint vor Glück! Weil sie nämlich sehr lange im Krankenhaus war, und als sie endlich nach Hause durfte, da war ihre Katze weg. Und die war ihr Ein und Alles. Aber jetzt hat sie sie wiedergefunden, und sie dankt ihrem Herrgott. Dann hat Papa noch mal geseufzt, aber Mama hat gesagt, es nützt ja alles nichts: Die Katze von der alten Frau, das war unsere Katze! Oli hat angefangen zu heulen und hat die Katze wie ein Verrückter in der ganzen Wohnung gesucht, aber sie war schon weg. Es war überhaupt nichts zu machen.

Papa ist dann gleich mit Oli und mir rodeln gefahren. Zum Trost. Und sogar auf den großen Berg. Oli hat aber immer weitergeheult und war total bockig. Und dann kam das Zweite, was passiert ist: Ich war schon runtergerodelt mit meinem Schlitten. Oli sollte mit Papa fahren, weil es ziemlich

steil ist und wegen der Bäume. Aber Papa war noch gar nicht drauf, da ist Oliver schon abgesaust. Und man konnte sehen, dass er genau auf den dicken Baum drauffährt. Vor lauter Angst konnte ich ganz große Sprünge machen und hab dem Schlitten einen Tritt gegeben. Da ist er noch vor dem Baum umgekippt, und Oli ist runtergefallen, aber es ist ihm nichts passiert. Bloß mein Bein hat ganz wahnsinnig wehgetan. Aber Papa war schon da und hat mich auf den Arm genommen, und alle haben durcheinandergeredet, und wir sind ins Krankenhaus gefahren. Da war dann irgendwas gebrochen. Sie haben mir ein Gipsbein gemacht und Tropfen gegeben, und Papa hat mich wieder getragen. Zu Hause hat mich Mama gleich ins Bett gebracht, und ich habe geschlafen, geschlafen, geschlafen! Als ich aufgewacht bin, hat die Sonne geschienen, und ich hab ganz komische kleine Töne gehört. Dann hab ich gemerkt, dass irgendwas an mir rumleckt, und ich hab die Augen aufgemacht. Und da war es ein kleiner Dackel! Ich hab erst die Augen wieder zugemacht, weil ich vielleicht träume, und ganz vorsichtig wieder aufgemacht, und es war immer noch ein Dackel! Und alle haben am Bett gestanden. Onkel Fred war auch da, und er hat gesagt, wenn er mir nicht gefällt, dann tauscht er ihn gern um gegen ein rotes Samtkleid! Oh, der Dackel ist so irrsinnig süß, man kann es gar nicht sagen! Niemals hätte ich gedacht, dass ich noch einen kriege. Und vielleicht hat der Dackel auch nicht gedacht, dass er mich kriegt, denn er wollte überhaupt nicht aus meinem Bett raus! Oli wollte auch nicht aus meinem Bett raus,

und er hat gefragt, ob er nicht was abhaben kann von dem Dackel, weil er doch keine Katze mehr hat. Ich hab ihm den Schwanz geschenkt. Das macht ja weiter nichts. Und spazieren gehen darf er auch mit ihm, aber nicht so weit. Mama hat gleich Angst gehabt, dass meine ganze Zeit für den Dackel draufgeht, auch die für Schularbeiten. Aber ich weiß schon, wie ich Zeit sparen kann, weil mein Tagebuch sowieso bloß noch eine Seite leer hat. Da male ich einfach einen Dackel hin und dann ist Schluss! Ich hab ja auch echt genug geschrieben.

Ursula Haucke im dtv großdruck

»Ohne Humor kann man keine Kinder erziehen.«
Ursula Haucke

Überraschung inbegriffen
Familiengeschichten zum Schmunzeln
ISBN 978-3-423-**25268**-3
Heitere Geschichten um ein »doofes Bett« und eine zauberhafte Familie mit drei Kindern.

Bei Oma ist immer was los
Großmütter heute
ISBN 978-3-423-**25292**-8
Mit Humor und einer gehörigen Portion Selbstironie erzählt Ursula Haucke von ihren Erfahrungen als Großmutter und dem Umgang mit Kindern.

Ich habe geschielt, und Papa war beleidigt
Notizen aus Karolines Tagebuch
Mit Illustrationen von Franziska Becker
ISBN 978-3-423-**25305**-5
Die lustig-frechen Tagebuchaufzeichnungen der neunjährigen Karoline. Charmanter und frecher Kindermund, herzerfrischend illustriert.

Bitte besuchen Sie uns im Internet: www.dtv.de

Dora Heldt im dtv großdruck

Der Superbestseller in großer Schrift!

Urlaub mit Papa

Roman

ISBN 978-3-423-**25303**-1

Eigentlich sollte es ein entspannter Arbeitsurlaub werden: Christine (45) will für ein paar Tage nach Norderney, um ihrer Freundin Marleen bei der Renovierung ihrer Kneipe zu helfen. Doch dann wird sie von ihrer Mutter dazu verdonnert, ihren Vater Heinz (73) mitzunehmen. Schon die Hinreise bringt Christine an den Rand eines Nervenzusammenbruchs …

»Für alle, die mal wieder mit ihren Eltern in Urlaub fahren wollen.«
Passauer Neue Presse

Bitte besuchen Sie uns im Internet: www.dtv.de

Eva Berberich im dtv großdruck

»Es wird Katzenbücher geben,
solange es Menschen gibt.«
Stuttgarter Zeitung

Alles für den Kater

ISBN 978-3-423-**25187**-7

Eine idyllische Geschichte um eine ältere Dame und einen Kater, der in ihrem Leben einen wichtigen Platz einnimmt.

In der Blauen Stunde kommen die Katzen

ISBN 978-3-423-**25295**-9

Eine fantasievolle Katzengeschichte. Mit Zeichnungen von Eva Berberich und Jacqueline Kiang.

Bitte besuchen Sie uns im Internet: www.dtv.de

Henning Mankell im dtv großdruck

»Ich stehe da, mit einem Fuß im Schnee
und dem anderen im Sand.«
*Henning Mankell über sein Leben
zwischen Schweden und Mosambik*

Der Chronist der Winde
Übers. von Verena Reichel
ISBN 978-3-423-**25242**-3
Die Geschichte eines afrikanischen Straßenkindes. »Dieser Roman hat einen besonderen Platz in meinem Herzen.« (Henning Mankell)

Das Auge des Leoparden
Übers. von Paul Berf
ISBN 978-3-423-**25290**-4
Aus einer kurzen Reise nach Afrika wurden neunzehn Jahre auf einer Farm in Lusaka. – Mankells Meisterwerk.

Bitte besuchen Sie uns im Internet: www.dtv.de